KB021860

박스

박스
BOX

조유영 스마트소설

문학나무

작은 방의 상상들

부모님은 늘 바쁘셨다. 손님들이 다 떠날 때까지 어린 나와 동생은 가게에 딸린 작은 방에서 부모님을 기다려야 했다. 그 방에 있는 것이라곤 서랍장과 TV가 전부였다. 제대로 된 놀잇감 하나 없었지만, 그 작은 방은 나에겐 커다란 우주였다.

어느 날은 눈 덮인 설산을 오르겠다며 동생과 서랍장을 기어오르기도 하고, 우주에서 혜성이 떨어진다며 벽에 걸린 백열등에 물을 뿌려대기도 했다.

그러다 지쳐 잠이 들 때면 머릿속에 고이 간직한 여러 개의 이야기 중 그 날 맘에 드는 것을 골랐다. 오늘은 무슨 이야기를 이어나가 볼까.

그게 시작이었다.

대부분 다른 세계로 떨어져 모험을 이어나가는 이야기들이었고, 나는 그곳에서 숨겨진 공주이거나 미처 알지 못했던 능력을 지닌 초능력 아이였다.

보잘것없는 작은 방을 다채롭게 채워가던 상상들. 그것들은 오랫동안 내 든든한 버팀목이 되어주었다. 힘들거나, 외롭거나, 화가 날 때도. 난 눈을 감고 이야기를 만들곤 했다. 그것은 세상에게 던지는 질문들이었고 친구와 나누고 싶은 이야깃거리였다.

오래도록 간직하던 내 상상들을 이제야 조심스레 꺼내놓는다.

무언가 허무했던 날, 「양치기」를 떠올렸고, 층간소음에 맞춰 춤을 추는 아이를 보고 「진액」을 썼다. 잊을 수 없는 꿈을 꾼 날도, 누군가와 의미있는 대화를 나누었던 날도, 재미있는 유튜브를 본 날도 난 스마트소설을 썼다. 머릿속에 머무는 화두를 그때그때 풀어낼 수 있어 스마트소설은 너무나 매력적이었다.

짧은 이 글은 나에겐 씨앗이다. 어떻게 자라날지 알 수 없는. 이 작디작은 씨앗을 박스에 담아 당신에게 보낸다. 당신 가슴 어디선가 자리를 잡고 자라나길 바라며.

2022년 9월

조유영

차례

발문 | **황충상** 소설가 동리문학원장

양
치
기

양치기

언덕 위, 아침 이슬을 머금은 연녹색의 잎들이 사라락 소리를 내며 부딪힌다. 며칠 전보다 손가락 한 마디는 더 자란 것을 보니 제법 씹히는 맛이 좋을 것 같다. 맑은 하늘에 흰 구름이 군데군데 번진다. 심심한 파란 공간을 다채롭게 채워간다.

하늘에 구름이 있다면 땅엔 양들이 있다. 몽글고 뽀얀 몸뚱이로 초록을 수놓는다. 나는 수풀에 몸을 누인 채 움직이는 양 떼의 정교한 패턴을 감상한다. 영화를 한 편 보는 기분이다. 이렇게 아름다운 풍경을 매일 볼 수 있다니! 난 행운아다. 난 저들을 지키는 양치기니까.

　그 어떤 직업보다도 자애롭다. 한낱 가축을 돌보지만 소중한 생명을 지키는 일이다. 난 확고하다. 사람을 살리는 일도, 세상 누구보다 빠르게 달리는 것도 할 수 있었다. 하지만 그것은 내가 원한 것이 아니었다. 본능적으로 난 자연을 갈망했다. 희끔한 머릿결, 튼튼한 다리, 빠른 상황판단, 통솔력. 사람들은 나를 보고 말했다.

　"저건 타고난 양치기야!"

　오늘 아침엔 양들을 몰고 나오는데 평소보다 시간이 지체되었다. 얼마 전부터 말썽인 오른쪽 무릎 때문이었다. 평생을 이리 뛰고 저리 뛰며 혹사시키긴 했지만, 아직 한창인 나이에 다리를 절다니. 한참을 짜증스럽게 걸었다.

　"자! 힘내자! 잘 하고 있어!"

　동료의 격려 덕에 다시 힘을 차리고 양들을 몰아 나왔다. 아직은 아니다. 내 천직인 이 일을 그만둘 수는 없다. 속으로 몇 번이고 되뇌었다.

　양들은 생각보다 사납다. 호기심 충만한 젊은 양이 무리

이탈을 꿈꿀 때면 팽팽하니 긴장감이 감돈다. 한 번에 물러나지 않는다. 나를 들이받기 일쑤다.

양들을 노리는 늑대들은 어떻고. 수풀 뒤에 몸을 감춘 약탈자들을 어떻게든 쫓아야 한다. 한번은 등 뒤로 달려든 몸집이 큰 늑대 녀석에게 다리를 물린 적도 있다.

이 일은 사명 없이는 불가능한 일이다. 나에겐 신념과 용기가 있다. 양들을 지켜낼 때면 한없는 긍지가 끓어오른다.

내가 그들을 지켜내면 이탈을 시도하던 젊은 양도 고개를 숙인다. 존경과 의지의 눈빛으로 무리 안에 숨어 나를 훔쳐본다. 그래. 난 이 맛에 일한다. 그들의 보호자. 정의로운 파수꾼. 양들의 털과 기름진 고기엔 관심이 없다. 그것이 나의 긍지를 대신할 순 없다.

"휘리릭! 휘리릭!"

시간을 알리는 동료의 신호가 울린다. 지금 출발해야 한다.

"끙."

짧은 신음과 함께 아픈 다리를 딛고 일어선다.

"자! 모두들 가자꾸나. 안전한 곳에서 어둠을 나야지. 휘
이!"

양들을 몰아 언덕을 내려간다.

아직 이 정도면 쓸만하지. 예전 같진 않지만 내려오는 발
걸음이 조금 덜 절뚝이는 것 같다. 저 멀리 연기가 피어오
르는 아늑한 나의 집이 보인다. 총총 잰걸음으로 양들은
어둠에 등 떠밀려 울타리 안으로 향한다.

마지막 양 한 마리가 안전히 귀가하는 것을 마지막으로
나의 오늘 임무는 마무리 지어진다. 그런데…. 왜지? 왜 이
렇게 조급해지는 것일까. 이상한 마음이 든다.

아직 끝나지 않은 것이 있다. 무언가 남아 있다. 무엇일
까? 내가 잊고 있던 그것은. 그에게 가야 한다. 그의 얼굴
을 봐야 한다. 나에게 신호를 보내던 동료를 보고 뭐 잊은
것 없냐고 따져 물어야 한다. 연기가 피어오르는 곳으로
그를 찾아 나선다.

몸이 이상하다. 항문 위쪽이 아파져 온다. 입에선 뜨거운
쇳소리가 새어 나온다. 저기 보이는 동료가 나를 발견하곤
말을 건넨다.

"어이, 수고했다. 굿 보이. 굿 보이."

모닥불 옆 고기를 굽는 그 앞에서 나는 말을 하고 싶지만 할 수 없다. 그저 바닥에 등을 대고는 이리저리 몸을 비틀 뿐이다. 그는 내 배를 지그시 만져준다. 항문 위가 아픈 것은 언제부턴가 솟아나온 꼬리가 연신 움직이고 있어서였다.

"옛따! 이거 하나 뜯어라!"

던져주는 고깃덩이는 핏기가 돌아 달콤하기 그지없다. 이것을 원한 건 아니었는데…. 난 무엇을 원해서 양을 쳤는가. 내 의지였긴 했던 걸까? 확고했던 내 생각들은 다 어디로 사라져버린 걸까? 머릿속이 복잡하다. 그래도 먹을 것을 챙겨준 그에게 감사의 말이라도 하고 싶어 힘들게 입을 떼어본다.

"멍! 멍!"

기다란 엽총을 마른걸레로 손질하던 그는 내가 다 먹기를 기다리더니 안쓰러운 듯 머리를 쓰다듬는다. 그를 바라본다. 그와 내가 함께한 세월. 그것이 그린 굵직한 주름 위에 눈물이 맺혀있다. 부어오른 무릎 때문에 절뚝이며 그에게 다가간다. 그의 다리에 얼굴을 부빈다.

"그동안 고생 많았다. 이제 늙고 병들었으니 편히 쉬게
해 주마."

모든 생각이 달아나고 머릿속이 하얘진다. 총을 든 그를
물끄러미 바라본다. 총을 이렇게 눈앞에서 보는 건 처음이
다. 냄새도 맡아가며 자세히 본다. 나에게 겨누어진 총구
는 깨끗한 양의 하양과는 반대로 속을 알 수 없는 검은색
이었다.

그저 열심히 양을 지켰던 것뿐이에요 내가 누군지 잊은 채 말이에요

거
품

거품

　신부 입장. 사회자의 우렁찬 목소리에 맞춰 아름다운 선율이 흘렀다. 신부의 수줍은 걸음걸이가 나를 미소 짓게 했다. 순백의 드레스가 빛을 받아 아름답게 반짝였다. 해사한 그녀의 얼굴에서 나는 눈을 뗄 수가 없었다. 웨딩홀 버진로드를 장식한 카라 꽃이 그녀와 잘 어울렸다. 드디어 그녀를 내 아내로 맞는 날. 그녀의 가녀린 허리를 한시라도 빨리 끌어안고 싶었다.

　"그럼. 신랑 신부는 이제 서로에게 반지를 끼워주세요."

　긴 주례사가 끝나고 결혼식은 막바지를 향해갔다. 이 순간을 위해 준비한 오늘의 하이라이트. 결혼식 도우미가 건네주는 케이스엔 반지가 들어있었다.

백금으로 화려하게 디자인된 결혼반지다. 특별히 신부의 반지엔 블링블링한 거품을 얹었다. 세상에 하나밖에 없는 반지를 그녀가 원했기 때문이었다. 유명 주얼리 회사에서 기획한 한정 제품이다. 그녀와 내가 결혼반지를 맞추며 행복한 꿈에 젖어 있던 그 시간의 공기를 터지지 않는 특수 거품 막으로 담아낸 의미 있는 반지였다. 만만치 않은 가격 때문에 힘들긴 했지만, 그녀가 그토록 원하니 모른척할 수 없었다.

반지를 꺼내자 신부 친구들의 탄성이 여기저기서 흘러나왔다. 거품은 살아 있는 듯 부드럽게 탱글거리며 오색 빛을 발했다. 반지를 끼우자 그녀는 촉촉이 젖은 눈으로 환하게 웃었다.

그때까지만 해도 나는 아무것도 몰랐다. 무슨 일이 일어날지…. 기념촬영을 할 때만 해도 거품이 조금 커 보이긴 했지만, 하객들과 인사를 나누느라 신경 쓸 틈이 없었다. 손님들이 식당으로 향하고 식구들과 몇몇 친구만 남아 마무리를 하고 있을 때였다.

"어머머. 저것 좀 봐."

신부의 팔을 거품이 감싸고 있었다. 나는 그녀에게 다가가 거품을 털어내려 했다. 그러면 그럴수록 거품은 부풀어 올랐다. 친구들은 소리를 질렀다.

"어떻게 해…."

그녀는 오늘의 주인공답게 웃음을 잃지 않았다. 거품이 얼굴까지 차올라 신부 화장이 번져도 괜찮다는 말만 계속할 뿐이었다. 나도 당황했지만, 애써 여유롭게 웃어 보였다.

"이제 모두 식사하러 가세요. 정리하고 갈게요."

"괜찮겠어요? 위험해 보이는데."

"걱정하지 마세요."

가족들과 친구들을 식당으로 보낸 뒤 나는 그녀를 신부 대기실로 데리고 갔다. 거품은 점점 차올라 그녀를 온통 뒤덮고 있었다. 이제 그녀의 형체를 가늠하기도 어려울 만큼 거품은 순식간에 불어났다. 결혼반지를 맞춘 주얼리 업체에 급하게 전화를 했다. 이런 일은 처음이라고 했다.

'왜 유난스럽게 그런 반지를 갖고 싶다고 해서….'

나도 모르게 원망이 새어 나왔다. 거품은 신부대기실을 집어삼킬 듯 불어나고 있었다. 내 발 앞까지 퍼져오는 거품을 보고 나는 망설였다. 그 안으로 들어가기가 무서웠다.

증식하는 거품들이 나를 잡아끌어 다시는 세상 구경을 하지 못 할 것만 같았다. 하지만 신부를 구하지 않은 남자로 사람들에게 낙인 찍힐 순 없었다. 나는 거품 안으로 큰 숨을 머금은 채 뛰어들었다.

거품은 부드러웠다. 거품 알갱이마다 내 얼굴이 비쳐 수만 개의 나를 바라보는 것 같았다. 어지러웠다. 거품 속 내 얼굴이 모두 다른 표정을 짓고 있었다. 나에게 걸어오는 신부를 보며 환하게 미소 짓던 내 모습은 어디로 간 것일까? 거품을 헤집고 한 발짝 앞으로 나가는 것이 말할 수 없이 힘들었다. 빼곡한 거품의 틈으로 나를 욱여넣으며 조금씩 움직였다. 높은 밀도가 버거웠다. 나는 온 힘을 다해 그녀에게 다가갔다.

그냥 돌아갈까? 어떻게든 그녀가 헤쳐 나오지 않을까?

많은 생각이 머릿속에 번졌다. 눈앞에 나를 스치는 거품이 몽글거렸다. 오색 빛 거품 안에 갇힌 작은 내가 또 다른 나를 바라보며 불쌍하다는 표정을 지었다.

얼마나 시간이 지났을까. 진이 다 빠져갈 때쯤 그녀가 보였다. 몇 발자국 안 되는 거리를 온 힘을 다해 걸었다. 그녀는 아무 일도 없다는 듯 웃음을 짓고 있었다. 얼굴이 엉망이었다.

"힘이 하나도 없어서 못 일어나겠어. 예쁘게 보이고 싶은데. 세상에서 제일 행복한 신부로 보이고 싶었어."

거품에 그녀와 나의 모습이 비쳤다. 아득한 거품을 힘들게 뚫고 그녀에게 걸어온 과정이 생각나며 그녀가 미워 보였다.

'으이그. 내가 어떻게 거품들을 지나온 줄 알아?'

쏘아붙이고 싶지만 특별한 날이니만큼 꾹 참았다. 망가진 얼굴로 힘없이 앉아 있는 그녀의 모습이 안쓰러웠다. 나는 마음을 풀고 그녀에게 다가가 손을 잡았다.

"충분히 예뻐 보이는데 뭘."

그녀가 나를 보며 환하게 웃었다. 순간 거품이 하나씩 터지며 사그라들었다. 순식간에 거품은 걷히고 손을 맞잡은 그녀와 내 모습이 드러났다.

"결혼 축하해요! 엄마 아빠!"

수많은 사람이 그녀와 나를 둘러싸고 있었다. 〈축! 50주년 금혼식〉이라는 플랜카드가 보였다. 손을 맞잡은 채 웃고 있는 그녀와 내가 유리창에 비쳤다. 나는 아무 말도 할 수 없었다. 거품을 통과했을 뿐인데 그녀와 나의 얼굴엔 굵직한 주름들이 새겨져 있었다.

언제 사그라질지 모르는 시간이라는
거품 속을 우리 같이 걸어가요

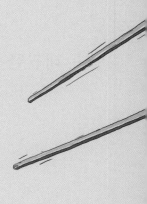

대단한 능력자

대단한 능력자

그는 오늘도 의식을 한 곳으로 모았다. 자신의 기술을 연마할 때면 주위가 고요해졌다. 모든 것이 천천히 흘러갔다. 시간을 쪼개고 또 쪼갰다. 느려진 사물들 사이로 홀로 부유하는 느낌이 들었다. 마치 영화 속 한 장면처럼 잘게 나뉘어 늘어진 시간 사이를 거닐며 그만의 사색에 빠져들었다.

수년간의 혹독한 연습을 통해 그는 기술을 완성해 나갔다. 글을 쓰는 그는 온갖 종류의 책은 닥치는 대로 다 읽었다. 살아 있는 것들이 견뎌온 시간, 더 나아가 생명이 없는 사물의 시간까지 헤아려 문장에 녹여낼 수만 있다면 그는 더한 수고도 감내할 의지가 있었다. 그는 스쳐 가는 짧은 시간 안에서도 피사체를 느끼려 애썼다. 그 방면에 그는 타고난 소질이 있었다. 연습대상으로 삼은 것은 지하철에서 부딪힌 향수 냄새가 진동하는 여자, 인기척에 놀라 도망가는 길고양이, 테이블 위에 놓인 도자기 그릇 같은 것이었다. 누구나 그냥 지나칠 법한 것을 그는 그냥 지나치지 않았다. 관찰대상을 살피려 의식을 바삐 움직였다.

〈저 여자는 무엇을 덮으려 진한 향을 더했을까. 사람에게 절대 곁을 내어주지 않는 저 늙은 길고양이에겐 어떤 사연이 있는 건지. 진흙이 토기장이의 손에 구워져 내 앞에 오기까지의 여정은 얼마나 기구했을까….〉

그는 찰나의 시간을 매개로 영겁의 시간을 헤아리고 싶었다. 그는 사색 중에 문득 깨달았다. 그의 시간은 남들과 달리 느리게 흘러가고 있다는 것을. 여자의 표정과 옷차림, 향수의 종류, 걸음걸이며 피부 상태까지, 상당히 오랜 시간을 들여 대상을 관찰했음에도 불구하고 시간은 몇 초 지나지 않았던 것이었다.

그는 그날로 시간을 늘리는 자신만의 기술을 연마하기 시작했다. 그것은 전혀 뜬금없는 것이 아니었다. 아인슈타인도 얘기했듯이 시간과 공간은 각 관찰자에 따라 정의될 뿐, 모두에게 똑같은 것은 아니었기에. 그는 특히 운동성에 초점을 맞췄다. 빠르게 움직여야 시간을 늘릴 수 있었다. 그는 빠르게 의식을 여기저기로 이동시켜 생각의 속도를 높이는 데 집중했다. 그렇게 7년이 지나고 그는 이제 시간 늘이기에 대단한 능력자가 되어 있었다.

"딱. 딱. 딱. 딱…."

부인이 도마 위에 저녁거리를 손질하고 있었다. 그는 눈을 감고 시간을 나눴다. 도마에 부딪히는 칼날의 소리 사이로 의식이 스며들었다.

〈죽은 나무가 쓰러진다. 온갖 벌레와 균이 모여들어 쓰러진 나무를 갉아놓는다. 그렇게 썩은 나무는 토양을 비옥하게 만든다. 참나무 씨앗이 비옥한 땅 위에 떨어진다. 제어미의 썩은 살을 먹고 어린나무는 자라난다. 몇 대에 거친 동물의 생사를 묵묵히 지켜본다. 그 나무는 어느 벌목자의 손에 200여 년 생을 마감한다. 참나무 마지막 기억은 인간의 날카로운 기계음이다. 참나무는 그 후로 십 년이 넘는 긴 시간 동안 사람들 손에 바짝바짝 말라간다. 뒤틀림이 없도록 잔인하리만큼. 그러던 어느 날 참나무는 조각조각 나눠진다. 나무의 어떤 몸은 가구가 되어 사람의 삶에 잠시나마 동행하고, 다른 어떤 몸은 관이 되어 죽은 사람과 함께 초극한 어느 곳으로 불타오른다. 그중 자투리 몇몇 조각은 도마 따위의 소품이 되어 어느 누군가와 만나게 된다. 참나무! 너를 헤아릴 수 있는 나를 만나 넌 비로소 의미를 갖게 된다. 나무여. 너의 그 희생…〉

"밥 먹으라고! 으이그!"

마누라의 목소리에 그의 늘어진 시간이 쪼그라들었다. 그는 깜짝 놀라 사색을 멈추고 식탁에 앉았다.

"반찬이 이것뿐인가?"

"꼴에 반찬 투정하는 거야?"

"아니. 며칠째 된장찌개만 먹었더니 영 기력이 딸려서. 고기 없나?"

그는 숟가락으로 멀건 된장을 뒤적이다 싸한 기운을 느끼고 고개를 들었다. 마누라의 눈빛엔 살기가 어려 있었다.

"이 인간이. 보자 보자 하니까!"

마누라는 반찬을 집던 젓가락을 그대로 그의 얼굴에 던졌다. 그는 재빨리 그동안 연마한 기술을 시현했다. 시간이 쪼개졌다.

〈젓가락이 천천히 허공을 가른다. 젓가락 끝에 묻은 뻘건 고춧가루를 보니 마누라는 김치를 집고 있었다. 마누라 이마를 가로지르는 저 화난 주름은 무엇에 대한 원망일까?〉 그는 자신에게 날아오는 젓가락을 보며 열심히 의식을 움직였다. 집중해야 했다. 그의 집중을 방해하는 건 언제나 두려움이었다. 시간을 늘릴 순 있지만 멈출 수는 없는 노릇. 언젠가는 현실을 맞이해야 했다. 그는 마누라의 손을 떠난 젓가락이 자신의 이마에 전달할 몸과 마음의 고통을 예상했다. 하지만 그는 대단한 능력자였다. 그는 두려움을 이겨내고 최대한 시간을 늘려 젓가락의 비행을 똑바로 바라보고 있었다.

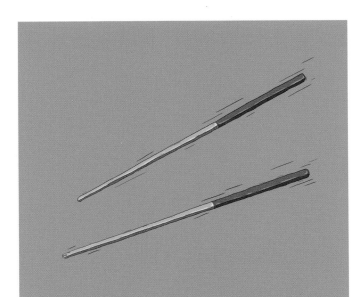

착각 속에 빠져 사는 너와 난 어차피 시간에 갇힌 존재일 뿐

흰자와 검은자

흰자와 검은자

엄지로 아랫눈꺼풀을 내려 젖힌다. 검지로는 윗꺼풀을
바짝 끌어올린다. 자신의 속살을 들킨 것이 화가 났는지
나의 눈동자는 흔들린다. 저 흰자와 검은자의 조합을 바꾸
어버릴 수만 있다면. 왜 눈동자는 극명한 대비를 이루는
흑과 백의 공간으로 이루어져 있는 걸까?

최대한 나의 눈을 검게 채울 수 있도록 서클렌즈를 다른
손가락 위에 얹어 눈알에 착 붙인다. 시큰한 느낌과 함께
차갑게 전해지는 이물감이 나를 안정시킨다. 손가락으로
힘껏 벌리고 있던 눈꺼풀을 놓아준다.

렌즈를 끼는 건 눈이 나빠서도 아니고 미용의 목적도 아니다. 최대한 나의 흰자를 덮어버리고 싶다. 붉은 기가 도는 립스틱을 입술에 조금 묻혀 생기 없는 모습을 감춘다.

오늘은 아무와도 눈을 마주치지 않으면 좋으련만…. 먹고 살려면 직장에 나가야 한다. 아침엔 뭐에 홀린 듯 시간을 그냥 흘려보냈다. 뾰족한 것을 들고 한참을 거울 앞에서 있었다. 그 탓에 오늘은 택시로 출근을 한다.

차를 잡아타고 뒷자리에 앉아 목적지를 말한다. 백미러에 비치는 기사의 눈이 말을 하기 시작한다. 보고 싶지 않지만, 신경이 쓰여 백미러를 힐끔 쳐다본다. 검은자를 가운데 두고 양쪽에 흰자가 나란히 있다. 그는 정면을 응시하며 내가 원하는 길로 잘 가고 있다. 그러다 갑자기 오른쪽의 흰 공간이 한껏 넓어지며 검은자를 왼쪽으로 밀어낸다. 그는 지금 액셀러레이터를 밟으며 창밖을 응시하고 있다. 고개를 돌린 것도 아니고 소리를 낸 것도 아니다. 그냥 눈동자의 흑과 백의 위치만 바꾸어 그는 의식을 택시 바깥으로 돌려버린다.

나는 불안한 마음에 그가 응시하는 곳을 바라본다. 건너편 차선에서 사고가 발생했다. 가슴이 철렁 내려앉는다. 소름이 끼친다. 어깨를 감싸 쥐며 인상을 쓰는 나를 바라보려 택시기사의 검은자는 우측 상단으로 향했고 흰자는 그 아래쪽을 채웠다.

"아가씨 괜찮아요? 건너편에서 사고가 났나 봐요. 놀랐어요?"

"몸이 좀 안 좋아서 그래요."

시선을 피하며 나는 택시기사에게 대답한다. 사고 때문에 소름이 끼친 것이 아니라는 설명을 어디서부터 어떻게 해야 할지 몰라서 둘러댄다.

이 모든 것은 검은자와 흰자 때문이다. 그것 때문에 나는 보기 싫은 사고현장을 보게 되었다. 전에도 그랬다. 내 전부였던 그 사람 마음이 떠난 것을 알게 된 것도, 직장 상사가 블라우스 아래로 출렁이는 내 가슴을 보고 있다는 것도, 친구가 내 이야기를 지루해한다는 것도, 사람들이 나를 이상하게 생각한다는 것도 모두 흰자와 검은자를 보고 알 수 있었다.

작은 눈 안에서 부지런히 서로의 영역을 바꿔대는 그 둘.

아무 소리도 없이 움직임도 없이 사람의 마음을 보여준다. 그 귀신같이 틀린 적 없는 흰자와 검은자 때문에 소름이 끼친다. 나는 그것들 앞에서 할 수 있는 것이 하나도 없다. 당할 수밖에 없다.

택시에서 내려 길을 걷다 힘이 풀렸다. 오늘 아침부터 골치 아픈 생각을 지나치게 했나 보다. 길가 벤치에 쓰러지듯 걸터앉는다. 고개를 돌리니 강아지를 안고 있는 할머니가 옆에 있다.

나를 뚫어지게 쳐다보고 있는 강아지는 검은자가 눈을 꽉 채우고 있다. 나무 위에서 깍깍대는 새들을 봐도 흰자는 많이 보이지 않는다.

사람만 그런가 보다. 자신의 마음을 남들에게 손 하나 까딱 않고 보여주려 흰자를 키웠나 하는 생각이 머리를 스친다. 이유야 어찌 되었든 그 흰자 때문에 나는 죽어가고 있다.

"지각을 하셨구만!"

헐레벌떡 사무실로 뛰어드는 나를 상사가 가로막는다.

"죄송해요. 아침부터 몸이 좋지 않아서…."

"그래? 거짓말은 아니지?"

그의 눈이 브래지어 위로 살짝 삐져나온 내 유두에 머문다. 나는 조용히 자리로 가 앉는다.

남들의 눈동자도 문제지만 나를 괴롭히는 게 또 하나 있다. 바로 내 눈동자이다. 사람들도 내 흰자와 검은자를 보며 나를 읽고 있겠지. 그것이 나를 쥐고 흔든다. 인터넷에서 '안구 문신'을 검색한다. 모든 사람의 눈이 검기만 하다면 얼마나 좋을까?

커피 마시러 들른 휴게실이 시끌벅적하다. 날 떠난 그가 동료들에게 청첩장을 나눠준다. 내게서 그를 빼앗아간 그녀도 환하게 웃고 있다. 그의 검은자는 그녀에게 향하고 흰자는 나를 향한다. 나와 이별하던 그 날처럼 그의 시선은 나를 향하지 않고 있다.

하지만 청첩장을 받는 다른 동료들의 검은자는 몰래몰래 나를 향한다. 나와 그의 과거를 모르는 사람들은 별로 없을 것이다.

조용히 자리로 돌아오는데 등 뒤로 눈동자들이 시끄러운 소리를 낸다. 온종일 나는 수백 개의 눈동자와 싸워야 할지 모른다. 진이 빠진다.

집에 들어와 그동안 모아두었던 안정제를 모두 삼킨다. 눈알에 달라붙은 검은 렌즈를 긁어내듯 빼낸다. 어지러워진다. 아침에 들고 있던 뾰족한 것을 찾아 든다. 흰자를 조금씩 찔러본다. 약 기운 때문인지 많이 아프지 않다. 안구 문신을 하면 이런 느낌이겠구나 싶다. 피눈물이 나는지도 모르고 나는 그렇게 흰자를 찔러대다 깊은 잠에 빠진다.

얼마나 잠들어 있었을까. 눈 부신 빛에 간신히 깨어난 나는 거울을 보고 환희의 소리를 지른다. 눈알이 모두 검게 변해 있었다. 눈앞의 형상이 흐릿하니 잘 보이지 않지만 상관없다. 밝은 눈보다 지금이 편하게 느껴진다. 점퍼를 대충 걸치고 밖으로 나선다. 눈앞이 뿌옇다. 잉크가 번진 것처럼. 갑자기 어지러워 바닥에 주저앉는다.

"아가씨 괜찮아요?"

길을 가던 한 사람이 나를 잡아 세운다. 그 사람의 얼굴을 들여다본다. 눈코입을 구분할 수 있을 정도만 검은색이 퍼져 보인다. 흰자와 검은자를 구별할 수 없다.

"병원으로 가야 할 것 같아요. 무슨 일이 있었는지 몰라도 아가씨 눈이 지금…. 말도 안 돼. 온통 까맣다고요."

나는 그의 말에 웃음이 터진다. 벗어난 것이 꿈만 같다. 이제야 살 것 같다.

"저는 괜찮아요."

나는 아무렇지 않게 자리를 털고 일어난다. 거리를 채운 사람들이 아른거린다. 나는 큰 숨을 한 번 내쉬고 복잡한 거리로 발걸음을 내디딘다.

네 마음이 드러나지 않게 조심해

시
바
리

시바리

"어때? 너무 조여? 괜찮아?"

그녀가 나에게 물었다. 나는 상기된 표정으로 괜찮다고 대답했다. 그녀는 안심한 듯 내 팔과 다리를 결박한 매듭을 단단히 묶어 나갔다. 불편한 자세로 움직일 수 없는 나는 묘한 쾌감에 빠졌다. 말로 설명할 수 없는 긴장감이 느껴졌다. 살아 있는 것 같았다.

우리 부부는 지쳐있었다. 결혼이라는 올무에 걸려 서로를 숨 막히게 하는 생활의 연속이었다. 10년이 지나도 아이는 우리를 찾아오지 않았다. 산부인과 골방에서 눈을 부릅뜨고 정자를 채취하는 일도 이력이 났다. 그녀는 매달 생리일마다 찾아오는 좌절감을 감당하지 못하고 포기를 선언했다. 진짜 문제는 그다음이었다. 우리는 서로를 원망하기도, 가여워하기도 했다. 하지만 감정들을 쏟아놓질 못했다. 조심스러웠다. 배려하는 척 서로 말을 돌려가며 피해갔다.

"그러니까, 다른 여자 만났으면 좋았을 걸. 당신도 나도 서로한테 죄짓는 기분 아니야? 지금이라도 괜찮아. 우리 헤어지자."

"당신은 꼭 우리 부모님만 만나고 오면 그러더라. 또 왜 그래? 우리 충분히 행복하게 살 수 있어. 아이가 있건 없건 말이야. 생각을 바꾸자."

"당신이 이 매듭을 풀 수 있을 거 같아? 엉킨 실타래라고. 우리가 포기하면 뭘 해. 당신 부모님은 아직도 포기 못하는데. 나보고 도대체 어쩌라는 거야."

며칠간 히스테릭하게 변한 그녀를 기분전환 시켜주고 싶어 인터넷을 검색하다가 우연히 시바리 요가를 보게 되었다. 연인이 함께하는 운동으로 제격이라는 댓글이 시선을 사로잡았다. 천정에 연결된 로프에 기괴한 포즈로 묶여있는 남녀의 사진이 자극적으로 다가왔다.

간신히 그녀를 설득해 시바리 요가에 등록했다. 수업은 처음부터 흥미진진했다. 카리스마 가득한 요가 강사가 교실 안으로 들어왔다.

"색다른 운동을 찾아오셨네요. 시바리는 일본어로 묶는다는 뜻이에요. 다양한 포즈로 묶고 묶이면서 안 쓰던 근육을 쓰게 되죠. 자. 시작해 볼까요?"

간단한 매듭법을 몇 개 배웠다. 먼저 그녀가 나를 묶었다. 나는 엎드린 채로 팔을 뒤로 뻗었다. 그녀는 나를 서서히 묶기 시작했다. 매듭이 단단해지고 내 몸을 조일수록 답답하고 화가 났다. 이게 뭐 하는 짓인가 싶었다. 그녀는 나를 묶은 줄을 강사의 지시대로 팽팽하게 잡았다. 팔이 땅겨지며 시원했다. 내 근육들의 움직임은 그녀 손아귀에 있었다. 그녀가 다르게 보였다. 전능한 힘이 그녀에게 있는 것만 같았다.

다음 수업시간엔 내가 그녀를 묶었다. 팔과 다리를 결박해 활처럼 휘게 만든 후 한 번 더 묶었다. 몸이 당겨지며 그녀는 짧은 신음을 뱉었다.

"아! 시원해. 더 세게 당겨도 돼."

달라붙는 요가복 속 볼록한 그녀의 엉덩이가 꿈틀거렸다. 묶이는 것도 묶는 것도 카타르시스를 안겨주었다.

우리 부부는 시바리 요가의 매력에 푹 빠졌다. 아무리 싸워도 요가 수업에 빠지지 않았다.

그날 오전에도 그녀와 말다툼이 있었다. 나를 시험하는 듯한 말이 거슬렸다. 그녀는 자기가 상상해 놓은 최악의 시나리오로 나를 종용했다. 빠져나오려 할수록 조여오는 올가미가 생각났다.

일이 끝나고 요가센터에서 그녀를 다시 만났다. 감정이 풀리지 않아 아무 말도 하지 않고 수업에 들어갔다. 내가 그녀를 묶을 차례였다. 조금 복잡한 매듭법으로 그녀의 목을 묶었다. 머리를 뒤로 젖힌 채 다리 매듭과 연결해 척추 기립근을 단련하는 수업이었다. 왼손으로 두꺼운 끈이 풀리지 않게 단단히 잡았다. 오른손으로 부지런히 끈을 돌려가며 매듭을 더욱 크고 단단하게 만들었다. 손가락에 힘이 들어가며 미세하게 떨렸다. 굵은 끈을 묶는 데 집중하느라 이마에 땀이 흘렀다. 흐르는 땀방울에 눈이 따가워 얼굴을 찡그렸다.

"뭐야. 너무 꽉 조이잖아. 숨 막혀."

그녀의 목소리가 들렸지만 나는 멈추지 않았다. 왜 그랬을까. 그녀를 더욱더 단단히 묶었다. 내가 느꼈던 올가미에 걸린 기분을 되돌려 주고 싶어서였을까. 그동안 억눌러 오던 감정들이 요동치기 시작했다. 두껍게 풀리지 않는 매듭을 완성하자 옅은 웃음이 새어 나왔다.

"잠시만요. 멈추세요. 아내분이 고통스러워하잖아요!"

강사의 말에 정신을 차렸을 때 그녀는 파랗게 질린 얼굴을 하고 있었다. 급하게 매듭을 풀어보려 했지만 잘되지 않았다. 처음 묶어보는 매듭이라 잘 못 묶은 것 같았다.

'내가 지금 무슨 짓을 한 거지?'

강사가 가위를 가져와 간신히 매듭을 잘라냈지만, 그녀는 정신을 잃고 말았다.

보호자 대기실에 앉아 있는 내게 의사가 다가왔다.

"제 아내는 괜찮은 거죠?"

"네. 괜찮습니다. 산소 부족으로 잠깐 기절하셨지만 지금 정신을 차리셨어요. 의식을 잃기 전 상황도 잘 기억하시고…. 별 이상 없을 듯 보입니다. 혈액검사도 이상 없고요."

"아, 정말 다행이네요. 운동하다가 그만 사고가 났네요."

"네. 아내분께 들었습니다. 그런데 이제 그런 과격한 운동은 금하셔야 합니다. 아이가 위험할 뻔했습니다."

"네? 아이요?"

"피검사 결과를 보니 임신이더군요. 두 분 다 모르셨나요?"

"임신이요?"

나는 아내에게 달려갔다. 이 소식을 빨리 전하고 싶었다. 기쁨을 감추지 못하고 숨을 헐떡이는 나를 그녀는 물끄러미 바라봤다.

"여보…."

그녀는 나를 보자 자신의 목을 두 손으로 더듬었다. 매듭이 아직 목에 묶인 듯한 착각이 드는 모양이었다. 환한 내 표정을 본 그녀의 얼굴이 경멸로 가득 찼다. 나는 조심스레 그녀 쪽으로 한 걸음 다가갔다. 그러자 그녀는 벌레라도 본 듯 놀라 몸을 떨며 나를 등지고 돌아누웠다.

"그렇게 죽이고 싶었니?"

차가운 그녀의 말에 나는 멈칫했다.

"나가. 이제 당신이 무서워. 혼자 있고 싶어."

나는 그 자리에 얼어붙었다. 어디선가 굵은 밧줄이 나타나 내 몸을 감아 오르고 있었다. 자세히 보니 밧줄은 그녀와 나의 무수한 마음들이 엮어진 것이었다. 그것들은 풀지 못할 매듭으로 엉켜있었다. 매듭이 나의 목을 조여왔다. 우리가 기다리던 아이가 드디어 생겼다고 그녀에게 말해야 하는데…. 내 목을 점점 조이는 매듭 때문에 목소리가 나오지 않았다.

힘 조절을 못 하면 너와 나의 매듭이 끊어질지 몰라

박스

박스

"집에서 한잔 더 하고 갈래? 여기서 가까워."

뻔한 작업멘트 같아 실패하리라 생각했지만, 그녀는 웃으며 고개를 끄덕였다. 오늘이다. 한 달 넘게 썸만 타던 그녀에게 확실히 도장을 찍어놔야겠다.

그녀와 팔짱을 낀 채로 시답지 않은 농담을 하며 골목을 지났다. 가로등이 오늘따라 붉게 보이는 것이 술기운 때문인지 그녀에 대한 기대 때문인지 모르겠다.

내 오피스텔에 도착했다. 그녀가 보지 못하도록 자연스럽게 몸을 돌려 도어락을 가리고 비밀번호를 눌렀다. 그녀와 좀 더 가까운 사이가 된다면 번호를 가르쳐 줄 수도 있겠지. 센서 등이 반짝 켜지며 나와 그녀를 맞았다. 이럴 줄 알았으면 분위기 잡기 좋은 무드등이라도 사 놓는 건데.

"오빠. 깔끔하게 사네! 남자 냄새도 안 나고."

"그럼. 나는 매일 청소하지. 오빠 요리도 잘해. 뭐 맛있는 거 해줄게."

방 하나 거실 하나 작은 오피스텔이지만 내 집엔 감각적으로 꾸며 놓은 소품들이 가득했다. 그녀는 찬찬히 집을 둘러보며 나를 가늠했다. 표정을 보니 마음에 드는 모양이었다. 그녀도 오늘이 결전의 날이라 생각한 것 같다.

내가 만든 달걀 안주는 버터 향과 매콤함의 조화가 환상적이었다. 안주와 함께 마신 맥주 몇 캔이 그녀의 마음을 한결 편안하게 해 준 듯했다. 우리는 한동안 깔깔거리며 말을 주고받았다. 그녀가 캔에 얼마 남지 않은 맥주를 시원하게 들이켰다.

나는 그녀 취향의 농담들을 쉴 새 없이 던졌다. 그녀가 심하게 웃는 통에 마시던 맥주가 목을 타고 가슴 자락을 적셨다.

"어머. 오빠가 자꾸 웃기니까 옷을 다 버렸잖아. 안 되겠어. 나 샤워할래."

"샤워? 그래. 오빠 옷 줄게."

그녀가 화장실로 들어섰다. 생각보다 빠른 진행이었다. 나는 얼른 일어나 먹던 것들을 치우고 조명을 어둡게 만들었다. 침대 위를 말끔하게 정돈했다. 기분 좋게 알딸딸한 게 오늘은 뭐가 잘 풀리는 기분이었다. 침대에 누워 그녀를 기다리며 집을 한 번 훑어봤다.

'완벽한 분위기네. 여자가 안 넘어올 수가 없지.'

잘 정리된 책장엔 일부러 영어원서도 끼워 넣어 놨다. 군데군데 위치한 초록 식물은 부드러움을 어필하기 좋았다. 남자아이 같은 해맑음은 책상 위 로봇 피규어가 담당해 주었다.

"아! 액자. 그걸 어디에다 뒀더라?"

어릴 적 사진을 침대 옆에 두면 여자들이 좋아했다. 여자들의 모성애가 자극되는 듯했다.

나는 액자를 찾으려 몸을 일으켰다. 선반 위 안 쓰는 물건들을 모아놓은 곳으로 다가갔다. 쌓여있는 박스 근처에서 이상한 냄새가 났다.

"뭐가 썩고 있나?"

나는 액자를 찾았다. 그러다 포장도 뜯지 않은 택배 상자 하나가 눈에 들어왔다. 나는 조심스레 박스를 집어 들었다.

"이게 뭐지? 민서?"

반 년 전, 나를 애처럽게 쳐다보던 민서의 눈빛이 생각나며 나는 그만 상자를 떨어뜨리고 말았다. 상자의 겉면엔 손 글씨가 자그맣게 쓰여 있었다.

〈내 사랑을 모두 담아 보낸다. 이젠 내게 남은 건 없어 - 네가 사랑했던 민서.〉

자세히 보니 상자의 끝부분이 빨간 액체로 젖어 조금 찢어졌다. 저 액체는 무엇일까? 상자를 들어 천천히 살폈다. 무겁지는 않은데…. 분명 내가 주었던 선물이나 우리의 사진들을 넣어서 보냈겠지. 무심히 상자를 보고 있는데 귀퉁이 헤진 틈으로 무언가 눈동자처럼 반짝 빛났다. 나는 소스라치며 박스를 내던졌다.

'이 미친 게 여기다 무슨 동물시체를 넣어서 보낸 거 아

니야?'

죽은 새나 쥐가 들었을 것이라고 생각하니 구역질이 나왔다. 깔끔한 성격의 내가 그런 것이 집에 있는지도 몰랐다니. 온몸에 소름이 돋았다.

'그렇게까지 싸이코는 아닐 거야. 혹시 장미꽃을 넣어둬서 썩은 것이 아닐까?'

도대체 그 상자가 언제부터 내 공간에 있었는지, 갑자기 튀어나온 박스 하나 때문에 이게 뭐 하는 건지 머릿속이 복잡했다. 조금 전까지만 해도 괜찮았는데 집안이 온통 썩은 내로 가득 찬 기분이었다.

'아니지. 반짝이던 것이 렌즈일지도 몰라. 설마 몰래 나를 찍고 있었던 거야?'

가만히 기억을 더듬으며 그녀와 헤어진 이후로 현관 비밀번호를 바꾸었는지 생각해봤다. 정확히 기억이 나지 않았다. 아무렇지 않게 비밀번호를 누르고 내 집에 들어와 카메라를 두고 나가는 민서를 생각하니 화가 났다.

경찰에 신고해야 할까? 그냥 박스를 버리면 그만인 걸까? 아니, 확실하게 박스를 열어 모든 것을 확인해 볼까?

어지럽게 나를 채워가는 수많은 생각들 위로 하나의 생각만 뚜렷해졌다.

저 박스는 항상 그 자리에 있었다. 내겐 아무것도 아니었던 그것은 오늘 여러 모양으로 변했다. 그냥 박스였는데. 그것에 사랑이 담겼다고 민서는 써놓았다. 내가 버린 사랑은 어떤 모양으로 그 안에 담겨 있을까? 이제 나는 박스를 뭐라고 불러야 할까?

"오빠. 뭐해? 나 다 씻었어. 뭘 보고 있는 거야?"

나를 유혹하려 수건만 아찔하게 걸치고 나온 그녀의 물음에 어떻게 답을 해야 할지 몰라 멀뚱히 서 있었다.

그녀와 나, 박스 주변으로 어색한 침묵이 흘렀다.

고백

고백

　하늘을 가르는 비행은 언제나 시원하다. 컨트롤러에 아이패드를 장착하고 드론을 하늘 높이 띄운다. 드론은 나와 달리 자유롭다. 하늘 위 카메라가 비추는 세상을 보고 있으면 새가 된 기분이다.

　해변을 따라 길게 부서지는 파도 위를 비행한다. 작은 돌섬 위에 앉아 쉬던 갈매기 떼가 놀라 날아오른다. 나는 드론의 눈으로 새로운 세상을 엿본다. 카메라와 연결된 아이패드에 내가 점처럼 자그맣게 보인다. 얼굴을 알아볼 정도로 드론이 가까워지자 내 옆에 눈부신 그녀가 하늘을 향해 손을 흔들며 소리친다.

"여기 오길 정말 잘했다! 어딜 가나 비행금지구역인데. 멋진 장면이 찍혔네!"

답답한 일상을 벗어나려 시작한 드론동호회는 내게 새로운 삶을 가져다주었다. 비행기술이나 자격증, 수준급의 영상들은 덤이었다. 그곳에서 만난 그녀는 죽어있는 내게 생명력을 불어넣어 주었다.

"슬슬 배고픈데 밥 먹으러 갈까? 곱창에 소주?"

"역시. 자기는 내 맘을 잘 안다니까!"

털털하고 가식이 없는 그녀는 내 영혼의 짝인 것만 같다. 식성이며 취향, 취미마저 같은 그녀에게 빠지지 않을 수가 없다. 나보다 나이는 훨씬 어린 그녀지만 대화가 통한다. 저녁을 먹는 내내 이야기가 끊이질 않는다. 그녀의 신선함이 날 흔든다.

숙소에 들어서는 순간까지도 우리는 서로에게서 눈을 떼지 못한다. 짐을 풀고 그녀가 자신의 드론을 닦는다. 소금기가 묻어 있으면 좋지 않을 것 같다며 그녀는 테이블 위에 작은 드론을 애지중지 매만진다.

"진짜…. 인제 그만 이리 오지 그래?"

나는 바지를 내리고 노골적으로 그녀를 유혹한다. 미소를 머금은 그녀는 옷을 벗으며 성큼성큼 다가온다. 한 손에 쏙 들어오는 작은 가슴과 가냘픈 허리, 헝클어진 단발머리가 날 더 단단하게 만든다.

그녀는 자신의 몸 어느 것도 부끄러워하지 않는다. 불도 끄지 않고 밝은 조명 아래에서 자유롭게 움직여댄다. 얼마만에 느껴보는 황홀함인지. 한적한 서해의 작은 섬. 쉰이 다 된 나는 오랜만에 밤새도록 땀을 흘린다.

"오늘도 비행하기 딱 좋은 날씨인데? 어서 일어나봐."

그녀가 깨우는 목소리에 잠에서 깬 나는 습관처럼 핸드폰을 집어 든다. 그녀가 보지 못하도록 패턴을 입력하고 메시지를 확인한다.

"나 자기가 너무 좋아졌어. 평생 이렇게 살고 싶어."

창밖에 시선을 둔 채로 그녀가 내게 말한다.

"그래. 나도 어제 너무 좋았어."

그녀에게 대답하곤 다시 핸드폰을 본다.

〈아빠. 언제 와? 엄마도 어제 친구 집에서 잔다고 안 들어왔어. 언니랑 짜장면 시켜 먹고 있어. 출장 갔다 와서 준다던 아이패드 꼭 줘야 해!〉

"이게 이제 막 나가는구만! 애들만 두고 외박을 했다고?"

중학생 딸의 문자에 나는 그만 화를 내고 만다.

"와이프 집에 안 들어왔대? 그래서 화가 나? 자기도 집에 안 들어갔으면서."

와이프 이야기에 잠깐 삐진 듯하더니 그녀는 얼굴을 바꾸고 내게 입을 맞춘다.

"나 자기 없으면 안 되겠어. 이제 나랑 살자. 진심이야."

이혼 후 일어날 수많은 일이 머릿속을 채우자 나도 모르게 고개가 저어진다.

화가 난 그녀는 자리를 박차고 일어나더니 짐을 챙기기 시작한다.

"왜? 도저히 말을 못 하겠어? 우리가 나눈 것들은 뭐였어? 둘 중 하나는 택하기 힘들고…. 몰래 둘 다 갖겠다고?"

나는 그녀를 가로막으며 힘껏 끌어안는다. 놓치기 싫다.

"왜 그래. 갑자기. 그런 복잡한 건 나중에 생각하자. 지금 이대로 좋으면 됐잖아."

"싫어. 사람들에게 날 고백해."

"그래. 차차 그렇게 해야지. 우선 가자."

여행지에서 돌아오는 차 안에 무거운 정적이 흐른다.

모닝커피 한 잔을 마시며 평소와 같이 회사 주차장에 차를 댄다. 짐을 챙겨 사무실로 올라가려는데 며칠 동안 연락이 없던 그녀에게서 문자가 온다.

반가운 마음에 문자를 열어보니 동영상이 첨부되어 있다. 발가벗은 두 남녀가 거친 숨소리를 내뱉는다. 밝은 조명이 얼굴과 하얀 몸뚱이를 적나라하게 비춘다. 나와 그녀다. 그녀가 닦고 있던 테이블 위 카메라 달린 드론이 머릿속에 스친다.

〈오늘, 날 고백해. 당신 행복하던 표정. 이기적인 마음 모두 다 고백해.〉

머리카락이 쭈뼛 선다. 어쩌지? 이게 유포되면 난 어떻게 되는 것일까? 나는 정신을 가다듬고 그녀에게 문자를 보낸다.

〈진짜 왜 그러니. 그걸 왜 찍은 거야? 만나서 이야기하자. 다른 사람들이 날 어떻게 보겠니? 지금 이 상황에 누구에게 널 말할 수 있겠냐고!〉

머리가 아프다. 식어버린 심장에 피가 돌아 행복했을 뿐인데. 믿을 사람 하나 없다더니만. 이게 다 나에게 등 돌린 와이프 때문인 것만 같다. 뜨거운 그녀에게도 차가운 와이프에게도 화가 난다.

〈사람들이 당신 욕할까 봐 겁나는 거야? 좋아. 내가 한번 봐주지. 당신과 같은 상황의 사람을 알아. 퇴근 후 그 사람을 만나. 누구에게든 당신 마음에 있는 나를 고백하라고!〉

〈알았어. 진정해. 그 사람도 나랑 같단 말이지? 만나볼게. 너랑 사랑하는 사이라고 그 사람에게 모두 말할게.〉

〈그 약속 안 지키면 동영상 오빠 회사 홈페이지에 올릴 거야.〉

우선 그녀가 시키는 대로 해야 한다. 일이 손에 잡히질 않는다. 시간마다 홈페이지를 확인한다. 사람들이 모여 있으면 깜짝 놀라 뒤로 숨는다. 동료들의 눈빛이 오늘따라 달라 보인다.

퇴근 시간이 다 되자 그녀에게 문자가 온다. 회사와 가까운 커피숍 위치가 전송되어 있다. 그래. 누군지는 몰라도 그 사람도 나와 같은 처지니 나를 비난하진 않겠지. 아직은 뜨겁고 싶은 마음을 아는 사람이니 그녀와의 사랑을 이해해 줄 것이다. 커피숍으로 향하는 내내 어떻게 말해야 할지, 그 사람은 내게 무슨 말을 할지 머릿속에 그려본다.

작은 커피숍 문을 열고 들어선다. 구석진 자리에 누군가 등지고 앉아있다. 다른 손님이 아무도 없는 것을 보니 그녀가 얘기한 사람이 맞는 듯 보인다. 테이블로 다가가 얼굴을 확인하는 순간 다리에 힘이 풀려 의자에 주저앉는다.

"여보! 여기 어쩐 일로. 혹시 당신!"

파랗게 질려있는 와이프의 눈에서 눈물이 떨어진다.

"당…. 신이었어? 나 오늘 꼭 고백해야 해. 안 그러면 큰일나. 당신도 나에게 고백하러 온 거지?"

그 눈물이 무슨 의미인지 알 수가 없다. 어떤 표정을 지어야 할지 도통 모르겠다. 이게 다 무슨 일인지. 머릿속이 복잡해지며 잡음이 귓가에 맴돈다.

갑자기 카페 유리창 밖에서 불빛이 번쩍인다. 어둠 속에서 터진 플래시에 나와 와이프는 깜짝 놀라 그쪽을 바라본다.

우리를 찍은 드론은 유유히 도심 하늘을 가로지른다. 길 건너편에서 눈부신 그녀가 나에게 손을 흔든다. 그녀 옆의 싱그런 젊은 남자는 와이프에게 눈인사를 한다. 그녀와 젊은 남자는 소름 끼치게 닮아있다. 와이프와 내 휴대폰에 동시에 문자가 온다.

〈당신은 고백 프로젝트 13번째 주인공으로 채택되셨습니다. 자신 안의 열정과 욕망에 솔직해지세요! 상대방도 당신과 똑같은 사람입니다. 저희 프로젝트 그룹은 고백의 기회만 제공할 뿐입니다. 결과는 당신들의 몫입니다. 좋은 결과가 있길 바랍니다. 참고로 당신들이 이야기를 마칠 때까지 감시가 이루어지며 모든 것을 솔직히 고백하시면 동영상들은 영구히 삭제됩니다. -GBC(Go Back Center)-〉

아내와 나는 할 말을 잊은 채 멀뚱히 서로를 바라본다.

얘기가 길어질 듯하다.

　그들은 우리 부부에게 뿌듯한 표정으로 인사를 건네곤 뒤돌아 어두운 골목으로 사라진다. 그들을 따라 드론이 춤을 추듯 비행한다.

너와 내가 같아져야 비로소 꺼낼 수 있는 이야기

가석방

가석방

차가운 물을 틀어 손을 닦는다. 나는 원래 이렇게 긴장하는 사람이 아닌데, 지금의 내 모습은 나조차도 생소하다. 고개를 들어 화장실 거울을 바라본다. 흘러내린 머리를 매만진다. 이 정도면 됐지? 누가 날 전과자로 보겠어.

레스토랑 직원 안내에 따라 남자친구와 그의 부모님이 기다리는 테이블로 향한다. 저 안쪽에서 나를 발견하고 손을 흔드는 그가 보인다.

"어서 와요. 얘기 많이 들었어요. 참 미인이시네."

"안녕하세요. 만나 뵙고 싶었어요."

생각보다 반갑게 맞아주는 부모님 덕에 긴장했던 마음이 조금은 누그러지는 것 같다. 물론 진짜 나를 안다면 이렇게 반갑게 맞아주진 못했을 테지만. 이 자리는 철저히 나를 속여야 하는 자리다. 최대한 자연스럽게 이야기를 만들어 나가야 한다.

그만큼 간절히 그를 곁에 두고 싶다. 날 수치로 여기고 연락을 끊은 가족들이 이해가 가긴 하지만 외로워서 미칠 것만 같다. 21살에 철없이 저지른 사건의 결과가 이리도 혹독할 줄은 그땐 미처 알지 못했다.

"원래 이 동네 아가씨는 아니죠? 이곳엔 어떻게 오게 되었죠?"

남자친구 어머니는 차분히 웃는 얼굴로 나에게 질문을 건넨다.

'제가 복역하던 교도소와 가까워서 이 동네에 정착하게 되었어요. 가석방될 때 허리에 고유번호가 인식된 센서를 주사하거든요. 중범죄자들에게만 그 센서를 달아요. 보호관찰소에서 5km 이상 떨어지면 안 돼요. 그래서 신분을 숨기고 이곳에 정착했어요.' 라고 솔직히 말한다면 난 다시 외톨이가 될 것이 뻔하다.

"여행 중 작고 아담한 마을 풍경에 이끌려 계속 살고 있
네요."

"아! 여행 중이셨구나. 우리 마을이 숨은 보석 같은 곳이
죠."

남자친구의 부모님은 동네에 대한 자부심이 대단했다.

외국인 노동자로 보이는 점원이 음식을 들고 온다. 커다
란 쟁반에서 테이블로 접시를 옮기는 손길이 서투르다. 보
는 사람 모두 답답할 정도다. 깡마른 그녀의 외꺼풀 눈은
사람을 더 지쳐 보이게 만든다. 불현듯 머릿속에 제냐의
푹 꺼진 눈이 떠오른다. 얼른 생각을 떨쳐버린다.

6년 전 제냐가 죽고 나서 살인죄에 준하는 자살교사죄로
8년을 선고 받았지만, 모범적인 수감생활에 2년 일찍 가석
방되었다. 가석방 심사 때도 이야기했지만 난 그 일을 진
심으로 되돌리고 싶다. 그들은 내 마음을 계속 의심할 것
이다. 조금이라도 허튼짓을 하면 그들은 가석방을 취소하
고 다시 나를 가두려 할지 모른다.

'쨍그랑!'

그릇 깨지는 소리가 요란하게 울려 퍼진다.

"진짜! 뭐 이런 애를 데려다가 일을 시켜?"

중년의 여자가 언성을 높인다. 자세히 보니 아까 답답하게 서빙을 하던 여자 직원이 사고를 쳤다.

"저 여자. 내가 저럴 줄 알았다니까?"

남자친구 아버지가 말한다. 나는 불편한 얼굴로 상황을 바라본다.

"우리끼리니까 말인데요. 인건비 때문에 저런 애들 쓰는 거 난 불만이에요. 꼭 남의 나라 와서 사고 친다니까!"

아버지의 한 마디에 6년 전 그날이 머릿속에 생생히 그려진다. 내가 한 말들이었다. 나는 다시 그 옥상에 서 있었다.

"쟤냐! 너 같은 애가 사고 치는 거야. 알아? 니네 나라로 돌아가! 니 엄마도 너 버리고 갔다며. 우즈베키스탄이라고 그랬냐?"

"언니. 내 친구 아니었어? 난 언니 좋아했는데."

제냐가 울먹였다.

"몇 번 내 꼬봉 노릇 해 놓고는 언니 좋아하네. 착각하지 마! 반반한 얼굴로 남자나 꼬시고. 더러운 년. 왜 사냐?"

"언니가 어떻게 나한테 이래? 진짜 죽어버릴 거야!"

제냐가 옥상 난간으로 다가가자 옆에 있던 친구들은 나를 말렸다.

"야! 좀 심한 거 같아. 니 남친이 쟤 좋아해서 화난 건 알겠는데…. 저러다 진짜 죽으면 어쩌려고?"

나는 제냐가 들으라고 더 큰 소리로 말했다.

"저런 년들. 관심 받으려고 저러는 거야. 죽어! 진짜 안 뛰어내리기만 해봐라. 죽지도 못하는 게. 뛰어내려 보라고! 병신."

제냐는 순식간에 움직였다. 나를 한 번 노려본 뒤 하늘을 날았다. 그 날 온 동네는 난리가 났고 같이 있던 친구들의 모든 증언이 일치했다.

"여기. 얘가 가져온 음식 모두 치워줘요. 찝찝해. 그리고 얘 합법적으로 여기 있는 거 맞아요? 범죄자 아니야?"

중년 여자는 제대로 걸고 넘어갈 모양이다. 나는 자리에서 일어나 그쪽으로 뚜벅뚜벅 걸어간다.

"자기야? 어디가?"

남자친구는 황당한 표정으로 나를 바라본다. 바닥에 떨어져 깨진 그릇을 줍고 있는 여자 점원에게 다가간다. 나도 쭈그려 앉아 그릇 치우는 것을 돕는다. 떨리는 목소리로 이름 모를 점원에게 말한다.

"사과할게요. 나도 저들과 같았어요. 정말 미안해요."

그리고 중년 여인에게 바짝 다가간다.

"너 진짜 재수 없는 거 알아? 나 멀쩡해 보이지? 근데 어쩌나. 저 점원이 아니고 내가 범죄자인데. 나 살인 형으로 빵에 있다 나왔어. 너도 죽여버리기 전에 조용히 처먹기나 해."

난 중년 여자에게 아니, 편견으로 가득 차 사람을 죽이던 내 과거에 한 방 먹인다. 중년 여자는 깜짝 놀란 표정으로 주머니에서 뭔가를 찾기 시작한다. 뒤를 돌아보니 남자친구와 부모님이 서 있다. 나의 행동을 보고 놀라 나를 따라왔나 보다. 이제 다 글렀다.

"들으셨죠? 저 여행 다닌 거 아니에요. 죄를 지었어요. 저 이런 사람이에요."

남자친구와 부모님은 내 이야기를 듣더니 표정이 굳는다. 그러다 갑자기 환한 얼굴로 주머니를 뒤지기 시작한다.

다들 뭘 하는 건지 이해할 수 없다. 사진이라도 찍어서 나를 조롱하고픈 걸까. 등 뒤에서 중년 여자가 흥분된 목소리로 소리친다.

"찾았다! 이게 얼마 만이야!"

주머니에서 작은 스위치를 찾은 여자는 기뻐한다. 남자친구와 부모님도 같은 버튼을 주머니에서 찾아 손에 쥔다.

"같이 눌러요!"

네 명이 동시에 버튼을 누르니 레스토랑 안의 사람들이 움직임을 멈추고 박수를 치기 시작한다. 어리둥절해 하는 내게 남자친구가 다가와 이야기를 건넨다.

"축하해요. 당신은 테스트를 통과했어요. 이제 진짜로 가석방이 될 거예요."

"그게 무슨 말이에요? 이게 다 테스트라고요? 당신 누구죠? 여긴 어디….”

“여기도 감옥이에요. 가석방 심사를 맡고 있죠. 여기 계신 모든 분은 심사위원입니다. 진짜처럼 꾸며놓은 테스트 마을이죠.”

“그럼. 저는 어떻게 통과한 거죠?”

“여기 온 범죄자들은 대부분 자신을 숨기고 삽니다. 가석방 신청 때는 자신을 쓰레기였던 것처럼 말하면서도 정작 자신을 모르는 사람들만 있는 곳에선 자신은 아닌 척, 깨끗한 척하고 살아요. 당신처럼 자신의 죄를 솔직하게 말하면 됩니다. 누구에게든 말이에요. 그 말을 직접 들은 사람이 스위치를 누르게 되면 테스트는 종료됩니다.”

중년 여자가 다가와 말을 한다.

“이곳에서 10년 넘게 일하는데요. 테스트를 통과한 사람이 몇 안 돼요. 모두 거짓말 일색이더군요. 테스트를 통과하지 못하니 일정 기간이 지나 모두 다시 교도소로 돌아갔죠. 황당해하는 얼굴들이 가관이라니까요. 어쩌겠어요. 이 테스트는 오직 한 번뿐인 걸. 잘했어요. 아가씨. 나가서도 그렇게 잘 할 수 있으리라 믿어요.”

검은 차 한 대가 레스토랑 앞에 세워지고 교도관들이 들어온다.

"죄수 번호 1355번! 가석방이 승인되어 즉시 집행한다. 따라오도록!"

나는 교도관을 따라 레스토랑을 나선다. 뒤를 돌아보니 제냐를 닮은 여직원이 손을 흔들고 있다. 내가 사랑했던 그도 날 배웅한다.

난 다시 내 편이라고는 아무도 없는 곳으로 내쳐져야 한다. 난 무엇을 잃은 걸까 얻은 걸까. 복잡한 생각이 나를 바닥으로 끌어당긴다. 발이 떨어지지 않는다.

말하든 말하지 않든 그곳은 또 다른 감옥

잊을 수 없는 맛

잊을 수 없는 맛

오늘도 난 과일가게를 그냥 지나치지 못하고 그 앞에 멈춰섰다.

"흠. 하!"

향기로운 색의 소용돌이에 빨려들어가는 이 기분. 잠깐 눈을 감고 아름다운 몽환 속에 빠졌다. 보는 것만으로도 상큼한 비타민이 나의 혈관을 타고 도는 것 같다.

과일은 밥과는 차원이 다르다. 영혼이 담겼다고 해야 하나? 자신의 종을 퍼트릴 유전자정보를 담은 씨앗. 그것을 보호하기 위해 다채로운 방법으로 제 속을 채운 과일.

빨간 껍질 속 새콤하게 사각거리는 사과, 노랑 껍질 속으로 버터마냥 부드럽게 여문 바나나, 단단한 초록 속 반전의 빨간 수분을 채운 수박. 어느 것 하나 창의적이지 않은 것이 없다.

그래서 나는 과일이 좋다. 라면과 삼각 김밥으로 끼니를 해결하면서 아낀 돈으로 과일을 샀다. 괜찮은 회사에 취직한다면 다양한 과일을 많이 사 먹을 수 있겠지만 취업 준비를 하며 아르바이트를 전전하는 내겐 바나나와 귤, 알이 작은 사과도 감지덕지다.

하지만 오늘은 다르다. 오늘을 얼마나 기다려 왔던가. 월급에서 원룸 방세와 공과금, 생활비를 제하고 남은 돈으로 큰맘 먹고 그 과일을 사기로 한 날이기 때문이다.

이름도 생소한 Oz13. 우리나라 사람들은 편하게 오즈라 부른다. 호주에서 만든 13개의 과일 유전자를 조합하여 품종 개량한 고급 과일이다. 가끔씩 돈을 모아 체리나 망고, 두리안 같은 우리나라에서 나지 않는 특별한 과일을 사 먹어 보긴 했지만 오즈는 오늘이 처음이다.

몇 개월 전 TV에서 신종 과일 재배에 성공했다는 뉴스를 볼 때만 하더라도 그것을 이렇게 원하게 될 줄은 몰랐는데….

오즈는 생각보다 일찍 식품관리안전원의 인증을 받아 국내에 들어오게 되었다. 처음엔 백화점이나 가야 그 과일을 볼 수 있었지만 탁월한 맛에 찾는 사람이 많아 순식간에 전국으로 퍼져나갔다. 집 앞 과일가게에 전시되어 있는 알록달록 아름다운 실물을 직접 보니 나는 참을 수가 없었다.

"어이. 총각! 뭐 찾는 게 있어? 한참을 멀뚱히 서 있네. 총각 자주 사가는 귤 좀 담을까?"

"아뇨. 오늘은 다른 거 사러 왔어요. 저거 주세요. 오즈요."

"아이고. 이게 드디어 나가네. 이게 그리 맛있다지만 비싸서. 안 나가면 어쩌나 했지 뭐야. 여기 있어요. 총각. 입이 고급이네. 오즈도 먹을 줄 알고."

검은 봉지 안에 담긴 멜론 크기만 한 화려한 오즈를 조심히 받아 들었다. 미안하다. 아름다운 너의 모습에 어울리지 않는 검은 봉지라니.

집에 도착해 사랑스러운 신부를 맞이하듯 봉지 안에서 조심스레 오즈를 꺼내 쟁반 위에 올려놓았다.

겉은 꼭 연꽃봉오리처럼 생겼다. 색색의 화려한 꽃잎을 한 겹 한 겹 벗겨 내자 단 내가 코끝을 찔렀다. 뒤이어 전해지는 기분 좋게 새콤한 냄새에 입안에 침이 가득 고였다.

껍질을 다 벗기자 커다란 물방울 모양의 속살이 모습을 드러냈다. 맑은 에메랄드색과 백색이 마블링 되어 있다. 커다란 식칼로 오즈를 반으로 잘랐다. 겉은 수박이나 사과처럼 사각거리는데 씨를 감싼 중심으로 갈수록 노란색이 짙어지며 붉게 보였다. 노란 부분은 바나나처럼 부드러웠다.

반으로 갈라진 오즈를 보니 감탄이 절로 나왔다. 나는 얼른 사진을 찍었다. 그리고 반쪽은 랩으로 감싸서 냉장고에 잘 넣어두었다.

'사각!'

"음! 기가 막히네."

나는 오즈의 다채로운 맛을 음미하며 조금씩 천천히 먹어 치웠다.

휴일이라 늦잠을 잤다. 어제 먹은 비타민 가득한 과일 때문인지 몸이 가뿐했다. TV를 틀었다. 속보가 전해졌다.

〈천상의 과일이라 불리던 Oz13에서 변형된 기생충이 발견되어 논란이 일고 있습니다. 과거 잘 씻지 않은 과일이나 채소에서 감염되던 토양매개성 기생충은 구충제를 먹으면 박멸이 가능했으나 이번 Oz13의 기생충은 육류를 날로 먹었을 때 감염되는 개회충의 특징을 가지고 있어 치료가 쉽지 않은 것이 특징입니다.〉

나는 화장실을 가는 것도 잊은 채 멍하니 TV 앞에 섰다.

"뭐. 뭐야!"

정신을 차리고 냉장고에 넣어두었던 반쪽 오즈를 꺼냈다. 과도를 손에 쥐고 귀하게 모셔 놓은 오즈를 헤집었다. 맙소사. 씨앗 주변 붉은 기가 도는 부드러운 과육 안에서 뭔가 꿈틀거렸다.

나는 족집게를 집어 들었다. 스트레스로 인해 하나둘 올라오는 새치를 뽑으려 사 둔 것이었다. 힘을 조절해 살짝 기생충의 끝을 잡아 빼냈다. 생각보다 길게 이어지는 그 녀석은 들킨 것이 억울한지 얇은 몸을 있는 힘껏 구부렸다. 순간 징그러운 마음에 족집게를 방바닥으로 내던졌다.

과도를 집어 들고 녀석에게 다가갔다. 바닥에서 몸을 비트는 기생충을 죽이려 살살 여러 조각으로 나누었다. 처음엔 반으로 나누고 그것을 또 반으로. 예리한 칼끝에 녀석의 끈끈한 체액이 묻어났다. 구역질이 났다.

녀석은 죽을 기미를 보이지 않았다. 잘게 조각을 낼 때마다 분열하듯 다른 개체로 힘을 내어 꿈틀거렸다. 끊어진 부분에 살짝 흐르던 녀석의 체액도 멈추고 금방 아물었다. 충격적이다. 녀석은 불멸이었다. 잘게 씹어 위장으로 넘겨도 죽지 않고 여러 조각으로 꿈틀댈 내 뱃속의 기생충을 생각하니 소름이 돋았다.

화장실로 달려가 손가락을 목구멍에 넣어 여러 번 구역질을 해봤지만 밤새 소화된 오즈가 남아있을 리가 없었다.

일주일이 지났다. 호주 제약회사에서 새로운 구충제가 나왔다. 병원에서 시약으로 테스트를 하고 기생충에 감염된 것이 확인되면 처방 받을 수 있었지만, 보험 혜택을 받을 수 없어 비쌌다. 나도 다음 달 월급을 가불해 간신히 치료를 받을 수 있었다.

뉴스와 유튜브에선 오즈를 만든 연구소와 우리나라 수입 인증원에 책임을 묻느라 정신이 없었다.

유전자를 조작할 때 과일의 유전자만 들어간 것이 아니라는 괴담까지 돌기 시작했다. 오즈의 깊고 오묘한 맛을 느껴본 사람들은 소의 간이나 골의 맛과도 비슷하다며 괴담에 무게를 실었다.

나는 그 어떤 뉴스도 신경 쓰지 않았다. 다만 더 이상 아름다운 그 과일을 맛볼 수 없을까 봐 두려울 뿐. 나와 같은 사람들이 많았는지 뜨거운 논란에도 불구하고 오즈의 인기는 식지 않았다. 그와 더불어 신 구충제의 판매량도 꾸준히 늘었다. 오즈를 개발한 회사와 구충제를 만든 제약회사의 소유주가 같다는 소문이 떠들썩했다.

나는 오늘도 과일가게를 지나치지 못했다. 밥으로는 채워지지 않는 허기를 달래려 색색의 과일을 골랐다. 핸드폰 사진첩을 열어 일주일 전에 찍어 둔 오즈의 속살을 바라봤다. 잊을 수 없는 오즈의 환상적인 맛을 떠올리며 싸구려 과일을 골랐다. 조금만 참자. 몇 달 더 돈을 모으면 오즈와 구충제를 살 수 있을 테니.

환상적인 그 맛을 보는 게 아니었어

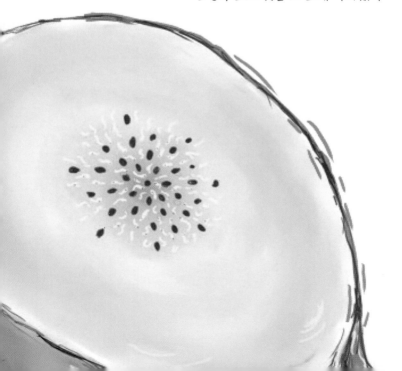

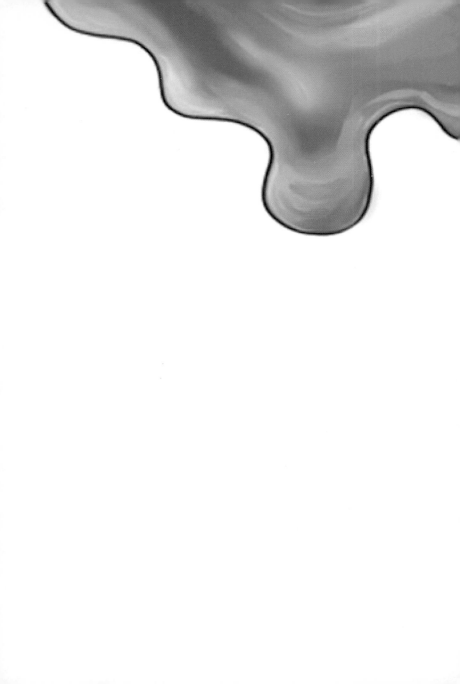

진액

진액

천장을 물끄러미 바라봤다. 뚝… 뚝 떨어지고 있는 저 빨간 액체는 도대체 무엇일까? 위층에서 무슨 일이 벌어지고 있는 것일까?

잠깐 나갔다 온 사이에 일어난 일이었다. 오늘 저녁은 남편이 좋아하는 오징어찌개를 할까 싶어 슈퍼로 향했다. 하나 남은 오징어 팩을 집으려는데 어떤 나이 들고 깡마른 여자가 '아' 소릴 내며 옆에 서 있었다.

"제가 지금 살까 말까 고민하고 있었거든요. 먼저 집으신 거니 가져가세요."

"몰랐네요. 그냥 아주머니가 가져가세요."

"아니에요. 어차피 혼자 먹기엔 좀 많다 했어요."

슈퍼를 나서는 여자를 보며 나는 횡재했다 싶어 씩 웃었다. 장을 보고 집에 들어와 보니 거실 바닥에 뭔가 흘린 자국이 눈에 띄었다.

"어? 이게 언제 떨어진 거지?"

그것이 무엇인지 자세히 보고 있는데 '툭' 소리를 내며 바닥에 한 방울이 또 떨어졌다. 그것은 천장에서 스며 나오고 있었다.

아이들이 학교에서 오기 전에 그것을 닦아 놓아야 밟고 다니지 않을 것이다. 물티슈 한 장을 뽑아 들고 거실 한가운데 떨어져 있는 액체를 문질렀다. 혹시 피는 아니겠지…. 상상하기도 끔찍한 살육의 현장이 위층에서 펼쳐지는 것은 아닌지, 잠깐의 의심이 머릿속을 스쳤다.

"이거 왜 이렇게 안 닦여?"

빨간 액체는 밀도 높은 진액처럼 한 번에 닦이지 않았다. 냄새를 맡아봤다. 아무런 냄새도 나지 않았다. 잠깐 망설이다 손에 묻은 액을 혀끝에 갖다 댔다. 맛도 나지 않았다.

군이 표현하자면 플라스틱 맛? 아무튼, 피는 아니다. 소설처럼 써나가던 머릿속의 살인현장은 흔적도 없이 날아가 버렸다.

"한 방울만 더 떨어지면 올라가 따져야지."

나는 한동안 매서운 눈으로 천장만 바라봤다.

학교에서 돌아온 아이들이 배고프다며 현관을 박차고 들어왔다. 애들 간식을 챙기고 저녁거리를 다듬느라 나는 몇 시간 전의 일을 까맣게 잊었다.

"엄마! 신기해! 이거 좀 봐."

"응. 그래. 엄마 빨래 개느라 바빠. 위험하지 않은 거지? 재미있게 잘 가지고 놀아."

나는 거실이 보이지 않는 안방에서 아이들에게 말을 건네고는 부지런히 일들을 해치워 나갔다. 보글보글 끓어오르는 오징어찌개의 냄새가 코를 찔렀다.

"이런! 넘치겠네!"

나는 부엌으로 달려가 가스레인지의 불을 끄고 찌개 맛을 봤다. 다행히 너무 쫄지 않았다. 오히려 잠시 잊은 동안 재료의 진액이 우러나와 감칠맛이 났다. 만족스러운 표정으로 찌개 맛을 보던 나는 그만 숟가락을 떨어뜨렸다. 눈앞에 펼쳐진 말도 안 되는 상황에 놀란 나는 비명을 터트렸다.

"악! 이게 뭐야! 어머머. 애들아 내려와!"

이해가 되지 않는다는 표정으로 아이들은 기어오르던 빨간 기둥에서 내려왔다. 가까이 가서 살펴보니 아까 그 진액이 굳어진 것이었다. 한 방울씩 떨어지던 진액은 바닥과 천장을 잇는 석회동굴의 석주가 되어 있었다. 게다가 이제는 다른 쪽에서도 스며 나오며 기괴한 종유석 모양을 만들었다.

아이들은 들뜬 표정으로 나에게 물었다.

"이거 하나도 안 위험해. 계속 놀아도 되지?"

이건 아니지. 신발을 신고 당장 위층으로 올라가려는데 며칠 전 뉴스가 불현듯 생각났다. 이웃 간의 칼부림. 나는 도로 집으로 들어와 잘 쓰지 않는 뚜껑 딸린 그릇을 싱크대에서 꺼냈다. 뭘 담지? 과일도 시든 것밖에 없고…. 아!

나는 방금 끓인 맛 좋은 오징어찌개 일인분을 예쁘게 담아 들고 다시 현관을 나섰다. 찌개 핑계로 벨을 누르고 자연스럽게 말을 이어나갈 계산이었다.

'딩동, 딩동.'

위층 벨을 누르고 문이 열리기 전까지 머릿속에 별별 생각이 다 스쳤다. 건장한 남자가 나와서 아줌마 뭐냐고 인상을 팍 쓰면 어쩌나. 오징어찌개를 내 얼굴에 부어버리는 건 아니겠지?

"누구세요?"

위층의 현관문이 열리고 깡마르고 힘없어 보이는 여자가 얼굴을 배꼼 내밀었다.

"어머! 아줌마. 저희 위층이셨어요?"

"응? 아까 슈퍼에서 만난 젊은 엄마 아니야? 여긴 어떻게 왔어요?"

"아니. 이것 좀 맛보시라고. 드릴 말씀도 있고 해서요."

"아이고! 냄새 좋은 것 봐. 잠깐 들어와요."

나는 얼떨결에 위층 집에 발을 들여놓았다. 거실을 가득 채운 의료용 기구들은 소독약 냄새를 뿜어냈다. 침대 위에 허공을 바라보며 웃음 짓는 환자가 누워 있었는데, 그의 두개골은 움푹 패어 있었다.

깡마른 여자가 커피 한 잔을 타서 내게 건넸다.

"오늘 침대 위치를 바꿔주느라 종일 끙끙댔어요. 아래층이 좀 시끄러웠지요? 미안해요. 중간에 하도 진이 빠지기에 뭣 좀 해 먹을까 하고 슈퍼에 갔지요. 그런데 이렇게 우연히 아기 엄마를 만나고 힘이 나는 음식을 얻어먹네요. 오징어 양보하길 잘했지 뭐야. 우리 아들은 뇌출혈로 저렇게 된 지 7년이 넘어가요. 수술만 네 번을 했지요. 병원비 감당 안 되어서 얼마 전에 집으로 데려왔어요."

"그러셨군요. 몰랐어요."

정작 내가 준비한 말들은 한마디도 꺼내지 못했다.

"저기 노란 기둥 보이시죠? 나무처럼 생긴 거요. 위층에서 내려온 진액이 굳어서 저렇게 되었는데, 저기다가 나뭇잎도 달고 새 모양도 얹어서 더 꾸미려고요. 아들이 좋아할 것 같아서…. 저 진액은 저녁 일곱 시면 특히 많이 떨어져요. 아들은 그 시간만 기다린답니다. 오늘 침대 위치를 바꾼 것도 저 기둥이 좀 더 잘 보이게 해주려고 한 거예요."

나는 커피를 한 모금 홀짝이며 반질거리게 닦아 놓은 노란 기둥을 바라보다 집으로 내려왔다. 아이들은 붉은 두 기둥 사이에 이불을 묶어 연결하고는 해먹을 만들어 타고 놀고 있었다.

"재미있니? 얘들아?"

문득 우리 집 아래층에는 무슨 색의 진액이 떨어지고 있을까 궁금했다. 그날 밤 나는 형형색색 아름답게 끈적이는 유기체가 가지를 치고 자라나는 꿈을 꾸었다.

그것이 아파트를 집어삼키려는 것인지, 더욱 튼튼하게 하려는 것인지 알 수는 없었다. 그저 단단한 콘크리트를 뚫고 천천히 자라날 뿐이었다.

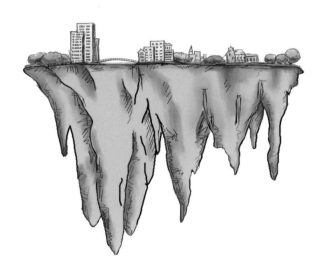

사람들의 진액이 만든 기둥 위에 세상이 지어져

버려지는 것들

버려지는 것들

들뜬 마음으로 퇴근길에 오른다. 얼마 만에 느끼는 여유
인가. 사무실을 나서니 날아갈 것 같다. 몇 달을 준비한 프
로모션 기획을 끝내고 집으로 가는 길. 아직 붐비지 않는
지하철 개찰구를 나는 가벼운 발걸음으로 가뿐히 통과한
다.

"띠링. 띠로롱!"

발걸음이 더해지자 10m 간격으로 벽면에 설치되어 있
는 에너지 현황판 수치가 소리를 내며 상승한다. 지금 내
가 걷고 있는 역사 바닥엔 압력을 전기로 바꾸는 압전소자

가 쫙 깔려있다. 아직은 잔여량이 50%를 밑도는 수치이지만 잠시 후 사람들이 밀려드는 퇴근 시간에 100%를 채울 것이다.

모든 건물엔 압력과 운동, 열을 에너지로 바꾸는 장치가 시공되어 있다. 사람들의 존재를 전기로 재생산한다.

공공에너지 확보에 내가 조금이라도 기여한 것이 새삼스레 뿌듯해진다. 발뒤꿈치에 힘주고 지하철 바닥을 꾹꾹 밟아본다. 전철이 들어오며 바람을 일으키자 바람을 에너지로 바꾸는 장치가 작동하면서 현황판의 맑은 상승 음이 들려온다.

전철 안 빈자리가 많아 앉아서 집으로 간다. 한강 다리를 건너는 지하철 안으로 빛이 쏟아진다. 서울 풍경이 한눈에 펼쳐진다. 지는 해가 강물에 얼비쳐 반짝인다. 나도 모르게 입가에 스르르 미소가 번진다. 무릎 위에 올려둔 가방 속에서 핸드폰을 꺼내 계좌 잔액을 확인한다.

이번 기획은 생각보다 쏠쏠한 수입이 되어 내 통장에 꽂혔다. 뿌듯한 마음에 몇 번이고 잔액을 세어본다. 일만 한다며 투덜댔던 그녀가 떠오른다.

〈나 오늘 일찍 들어가. 오늘 특별한 날!〉

같이 사는 그녀에게 문자를 보낸다. 난 오늘 그녀에게 결혼하자고 말하려 한다. 미뤄왔던 청혼이다. 석 달간 집에 일찍 들어가는 것을 포기한 대신 조촐한 결혼식을 올릴 수입이 생겼다. 내가 왜 그렇게 죽어라 일만 했는지 상상도 못 했을 테지. 아! 그녀가 얼마나 좋아할까? 그녀를 놀라게 할 생각에 가슴이 설렌다.

차분해지고자 핸드폰을 들고 이것저것 눌러본다. 칼럼하나가 눈에 띈다.

〈생각 없이 버려졌던 것들 – 에너지 하베스팅 혁명 이전의 이야기〉

제목을 보니 어렸을 때가 어렴풋이 생각난다. 엄마는 벽에 난 작은 두 개의 구멍에다가 줄을 연결하고는 핸드폰에 꽂았다. 그게 뭐 하는 거냐고 내가 묻자 엄마는 충전하는 거라고 얘기해 줬다. 그렇게 하면 핸드폰이 살아났다. 집 안의 모든 전자 제품들은 그렇게 벽에 뚫린 구멍과 연결되어야만 생명을 얻었다.

어린 나는 그것이 신기하기만 했다. 거대한 힘의 원천. 구멍에 손을 넣어 나도 그 힘을 받고 싶었다. 하지만 엄마가 그것을 만지면 죽을 수도 있다고 했기 때문에 가까이 가진 않았다. 지금이야 모든 전기제품이 무선으로 충전되어 장소의 구애를 받지 않지만 내가 어렸을 때는 그렇지 않았다. 콘센트와 연결하고자 긴 멀티탭을 사기도 하고 지저분한 전선들이 보이지 않게 가구의 위치를 바꾸기도 했었다. 에너지에 줄이 묶여 자유를 잃은 모습이었다.

한 달에 한 번 고지서가 날아올 때, 엄마는 민감해졌다. 전기세가 많이 나왔다며 아빠에게 잔소리했다.

"이게 다 쓸데없이 버리는 돈이잖아! 벌지도 못하면서!"

전기세가 뭐냐고 묻는 나의 질문에 엄마는 에너지를 주는 곳에 돈을 내야 한다고 했다. 엄마 아빠가 돈 문제로 소리치고 싸울 때면 나는 조용히 현관을 나와 세발자전거를 탔다. 어린 나는 그 모든 것이 어지럽게 널려있는 전깃줄 때문인 것만 같았다. 높은 산과 좁은 골목, 시선이 머무는 모든 곳에 혈관처럼 퍼져있는 검은 줄이 원망스러웠다.

'저 줄을 따라가면 엄마 아빠를 싸우게 하는 거대한 괴물의 몸뚱이가 나올 거야.'

오래된 기억 속 유치했던 내 생각에 쑥스러운 웃음이 지어진다. 지금 생각하면 말도 안 되는 이야기 들이다. 전기세 걱정 없는 현재의 모든 시스템은 에너지 하베스팅 혁명으로 이룩되었다. 지금처럼 버리는 것 없이 재생산되는 시대에 살았다면 부모님은 행복했을까….

어릴 적 기억을 소환한 제목은 나의 관심을 끌기에 충분했다. 나는 손가락으로 핸드폰을 터치해 칼럼을 읽는다.

― 지난 30년간 인류는 커다란 전환점을 맞이했다. 버려지는 에너지를 수확하는 하베스팅 기술의 발전으로 우리는 이제 에너지에 끌려다니는 존재가 아닌 에너지를 지배하는 존재가 된 것이다. 모든 일에는 에너지가 발생한다. 당신이 걸어다닐 때도, 변기에 물을 내릴 때도. 격렬한 운동을 할 때도. 섹스할 때도. 심지어 주변에 있는 수분에도 에너지가 존재한다.

예전에는 아무렇지 않게 버려지던 것들에게서 우리는 힘을 추출하여 사용할 수 있게 되었다. 이제 인류는 화력발전소를 짓고 커다란 불을 피워 대기를 오염시킬 필요도, 방사능을 걱정하며 원전을 지을 필요도 없어졌다. 불과 30년 전만 해도 에너지를 얻기 위해 더럽혀진 대기의 오염농도를 확인하며 하루를 시작했다는 것이 믿어지는가? 나라가 전기에 세금을 붙여 돈을 벌던 시대를 기억하는가?

이제 인류는 스스로 에너지원이 되었고 지구를 오염에서 구했다. 하던 일을 멈추고 자신이 버린 것들을 골똘히 곱씹은 다음에야 인류는 비로소 가치 있는 존재로 성장했다.

당신이 무심코 버리는 것들을 찬찬히 살펴보라! 당신이 하찮게 여기며 그냥 지나쳐 온 것들. 이기적인 마음으로 무엇이 망가지는지도 모르고 무심히 하던 행동들. 그 안에 엄청난 것이 있을지도 모른다. 해답은 항상 간단한 것에 있었다.

— 칼럼니스트 조이조

'배터리가 부족합니다. 습기가 필요합니다.'

핸드폰 배터리가 얼마 남지 않아 화면에 경고등이 뜨는 바람에 칼럼에 집중할 수가 없다. 한 달을 기다려 얼마 전에 장만한 최신형 폰이다. 비가 오거나 샤워할 때 옆에만

뒤도 자동으로 충전이 되는 수분 하베스팅 방식이다.

　태양광이나 신체활동을 이용한 구식 충전방식과는 다르다. 우리가 매일 접하는 수분의 수소이온을 이용해 전기를 만들어내는 방식이다. 요새 건조한 날씨가 이어지기도 했고, 바쁜 회사 일 때문에 며칠 씻지도 못했더니 배터리가 다 된 모양이다. 집으로 가는 발걸음이 빨라진다.

　현관에 도착해 손잡이 모양의 도어락을 감싸 쥔다. 체온으로 자동충전되는 도어락은 내 지문을 인식하고 문을 열어준다.

　"자기야. 나 왔어. 오랜만에 일찍 들어와서 놀랐지?"

　지쳐 보이는 그녀는 옅은 웃음으로 나를 맞이한다. 나도 알고 있다. 그녀와의 사이가 옛날 같지 않다는 것을. 그저 말없이 기다리고 있을 뿐이다. 뜨거운 그녀가 현실을 인정하고 식어지길. 열정 가득한 사랑을 언제까지고 이어갈 수는 없지 않은가.

　3년간의 동거를 끝내고 결혼을 하면 나아지리라 생각한다. 열정은 지금 우리에겐 사치다. 시간을 효율적으로 쪼개고 에너지를 지혜롭게 분배해서 살아가야 한다. 비효율적으로 허튼짓을 했다가는 언제 이 사회에서 낙오될지 모른다. 그녀도 곧 깨닫게 되겠지.

"나 먼저 좀 씻을게. 핸드폰도 충전해야 하거든. 우리 오늘 맛있는 거 먹자. 할 얘기도 있고."

그녀는 말없이 저녁상을 차린다. 냉장고에서 식탁으로 옮겨지는 그릇들이 탁탁거리며 무성의한 소리를 낸다. 나에게 잔뜩 토라져 있는 것이 분명하다. 피식 웃음이 난다. 잠시 후에 결혼하자 말하면 그녀는 어떤 표정을 지을까? 결혼준비금까지 모아둔 걸 알면 금방 풀릴 거면서.

오늘 밤 그녀와 거의 바닥난 집안 에너지 잔량을 가득 채워야겠다. 체온상승과 격렬한 움직임, 계속 가해지는 압력이 전기로 바뀌어 저장될 것이다. 그 에너지로 따뜻한 물도 쓰고 TV도 보고, 밥도 해 먹겠지. 그녀와 나의 몸을 격렬히 섞으며 만든 에너지로. 벌써 흥분된다.

'아차! 따뜻한 물 쓸 만큼 전력은 남아 있겠지?'

나는 옷을 다 벗은 채 화장실로 들어서려다 에너지 현황판을 보기 위해 안방으로 향한다.

"어? 웬일로 가득 차 있네? 내가 며칠간 안 들어와서 거의 바닥일 줄 알았는데. 혹시 자기 운동했어?"

아무런 대답이 없다.

안방 벽에 장착된 모니터엔 집안 에너지 잔량이 100%로 나와 있다. 가녀린 그녀 혼자 아무리 운동을 해도 채워지지 않는 양이다. 현황판의 세부 항목으로 들어가 수치를 살펴본다. 자세히 보니 운동에너지로 충전된 양도 많지만, 압력 충전도 만만치 않게 되어 있다.

"누가 왔었구나! 자기야? 친구들 왔었어? 평균 130kg 압력을 3시간 동안 수확했다고 나오는데? 자긴 50킬로쯤 나가잖아? 나머지 80kg은 뭐지?"

아무 대답도 들리지 않자 나는 부엌으로 향한다. 그곳에 있는 줄 알았던 그녀는 온데간데없고 식탁 위엔 마른반찬으로 차려진 저녁만 덩그러니 있다. 수저는 한 벌 뿐이다. 뭔가 잘못되어 가고 있다는 생각이 들 때 핸드폰 문자가 왔다.

〈저녁은 차려주고 떠나고 싶었어. 나 기다리지 마.〉

허겁지겁 방으로 들어가 보니 그녀의 옷가지가 보이지 않는다. 서랍 속 그녀의 물건들도 사라졌다. 욕실로 들어

가 보니 내 칫솔 옆에 나란히 걸려있던 그녀의 칫솔이 없

다. 내 집에 같이 살던 그녀의 흔적들이 모두 사라졌다. 언

제부터 그녀는 떠날 준비를 하고 있었던 것일까?

'말도 안 돼. 진짜 떠난 거야?'

나는 다리에 힘이 빠져 그대로 침대에 걸터앉는다.

'설마!'

뒤통수를 한 대 맞은 듯 얼얼하고 아찔하다. 나는 에너지

현황판을 뚫어져라 쳐다본다. 80kg. 3시간. 그녀와 함께

있다가 사라진 그것은 무엇이었을까? 무엇이 그녀를 데려

갔을까.

'아니야. 그럴 리 없어.'

아무리 다른 생각을 하려 해도 내 머릿속엔 하나만 그려

진다. 보기 좋게 건장한 남자와 뒤엉킨 그녀.

'이 미친년이!'

걸터앉아 있던 침대에서 벌떡 일어나자 방 한편에 놓아

둔 전신거울에 내가 비친다. 발가벗은 채 얼룩덜룩 빨갛게

열이 오른 내 몸이 적나라하게 보인다. 흥분한 탓에 가쁜

숨을 몰아쉰다. 갈비뼈가 더 도드라진다. 가는 팔과 다리

가 화를 못 이기고 미세하게 떨린다. 다리 사이 덥수룩한 털 사이로 작은 성기가 보일 듯 말 듯이다. 갑자기 울음이 터진다. 거울에 비친 나 자신이 부끄럽다. 그녀를 잡기엔 나는 너무 보잘것없다. 이렇게 버려질 순 없다. 아무 의미 없이. 내가 뭘 그리 잘못한 걸까.

'배터리가 다되어 곧 방전됩니다. 수분이 필요합니다. 수분을 저에게 주세요.'

핸드폰에서 음성 안내가 흘러나온다. 나는 비척거리며 핸드폰을 찾아 손에 쥔다. 핸드폰 위로 눈물이 떨어진다.

값비싼 최신형 핸드폰은 내 눈물의 수분을 그냥 흘려보내지 않는다.

'수분이 감지되었습니다. 충전 중입니다.'

나는 버려지는 것이 없도록 폰을 얼굴 가까이 가져간다. 그렇게 불편한 자세로 몸을 굳힌 채 한참을 목놓아 운다.

네가 버려지는 것도 모르고 얼으려던 것은 무엇이니

어서 오세요 인생술집

어서 오세요 인생술집

- ROOM 1

청년은 계단 끝에 보이는 문을 올려본다. 창문으로 흐릿하게 번지는 은은한 주황빛 조명이 그를 유혹한다.

'벌써 와 있으려나?'

그는 좁은 폭의 계단을 오른 뒤 스위치를 눌러 문을 연다.

〈어서 오세요. 당신에게 필요한 편안한 술집. NON입니다. 예약자님 확인하도록 아래의 리더기에 카드를 읽혀주세요.〉

청년은 모바일 카드결제시스템을 켜 리더기에 올려놓는

다.

〈확인되었습니다. 방으로 입장하십시오.〉

좁은 프론트를 지나 방으로 들어서자 호주 멜버른으로 유학을 떠났던 친구가 찡끗 웃으며 그를 맞이한다. 청년의 얼굴에 환한 미소가 번진다.

"이게 얼마 만이야! 이 새끼! 너 없으니까 동네가 다 썰렁하다. 외국물 좀 먹더니 더 훤해진 것 같은데? 눈에 들어오는 여자는 없었어? 외국 애들 죽이지?"

"여자는 무슨. 야. 관심 없다. 쓸데없는 소리 하지 말고 먼저 한잔하자."

'쨍' 하며 잔 부딪히는 소리가 방안에 경쾌하게 울려 퍼진다.

- ROOM 2

소맥 한잔을 들이켜며 여자는 남자에게 말한다.

"자기 만나니까 숨통이 확 트이네. 남편 목소리는 짜증이 많아서 듣기도 싫어."

"남편한테는 뭐라고 하고 나왔어?"

"회사 회식 있다고 했지 뭐."

"우리 자기. 뭐 맛있는 거 시켜줄까? 자기 좋아하는 골뱅이 좀 먹어봐."

남자는 테이블 옆 먹음직스러운 사진이 있는 메뉴판을 들여다본다. 골뱅이 안주를 터치하고 'C1' 버튼을 누른다. 잠시 후 여자 앞 테이블 중앙에 나 있는 둥근 덮개가 옆으로 밀리며 뻘겋게 무쳐진 골뱅이 소면 1인분이 작은 접시에 담겨 테이블 위로 올라온다.

"음. 맛있어. 자기도 먹어봐."

"난 괜찮아. 그것보다, 가슴 좀 보게 옷 좀 올려봐."

여자는 익숙한 듯 왼손으로 티셔츠를 장난스럽게 잡아 올리며 가슴을 노출한다. 오른손으로는 맥주잔을 든다.

"자기야. 짠 하자. 난 이 술집이 진짜 좋아. 자기를 만지지 못하는 것만 빼고 말이야."

- ROOM 3

〈예약하신 방은 4인용입니다. 맞습니까?〉

리더기에 카드를 꽂으며 중년 남자는 화면에 보이는 가

상 직원에게 말한다.

"맞아. 4인용 방. 다 접속되어 있어?"

인기 남자 연예인 얼굴을 모티브로 삼은 CG 직원은 친절히 대답한다.

〈NON의 각 지점 3번 room. 접속확인 중입니다. C1 접속 확인. C2 현재 본인 확인 중 접속 대기, C3 아직 도착 전으로 확인됩니다.〉

"씨발. 이 새끼는 맨날 늦어. 잘라 버리든지 해야지."

남자가 작은 방으로 들어와 일인용 소파에 털썩 앉자 각 지점과 연결된 세 개의 모니터에 전원이 들어온다. 모니터에 비추는 사람들이 중년 남자에게 인사한다.

"사장님. 오셨습니까."

"그래. 다들 편히 앉아. 이게 얼마 만의 회식이냐. 우리 회사 지사들 장기불황 가운데 살아남느라 고생이 많아."

뒤늦게 세 번째 화면 안으로 들어오는 사람은 어쩔 줄 모르는 표정으로 자리에 앉는다.

"늦어서 죄송합니다. 이런 술집은 처음이라. 그런데, 이 술집, 들인 돈이 만만치 않겠는데요? 수십 개나 되는 개별

출입구에, 프라이빗 공간. 첨단기술까지. 전 세계적으로 유행하는 비접촉 술집인 건 알고 있었는데, 막상 와보니 장난이 아니네요. 이렇게 장사해서 뭐 남는 게 있을까요? 술 한잔 판다고 얼마 남을지. 이거 어려운 장사겠는데요?"

"이 사람아. 그 걱정을 당신이 왜 하나? 우리 회사나 생각하자고. 쓸데없는 생각만 하니 실적이 엉망이지. 자. 자. 모두 한잔씩 하지."

사장이 주는 핀잔에 풀죽은 C3 모니터 속 남자는 얼른 소주 한잔을 들이켠다.

오고 가는 술잔 속에 근심 걱정을 비워버리는 NON 주점의 손님들은 서비스에 만족해한다. 사람이라고는 아무도 없는 무인 시스템. 직접 마주보고 술을 먹는 듯한 최고의 화질. 잔을 모니터에 부딪힐 때마다 실제처럼 울려 퍼지는 건배 효과음. 어디 내놓아도 뒤지지 않는 안주의 맛까지. 무엇하나 빠지는 것이 없다.

아무런 접촉 없이도 끈끈한 인간관계를 유지해 나갈 수 있다는 점은 비접촉 술집 NON의 최고 무기이다.

소비자의 욕구를 반영한 신개념 술집은 세계적인 관심을 받고 있다. 하지만 치명적인 운영의 걸림돌이 있다. 누군가가 스쳐 지나가는 말로 꼬집었듯이 초기 투자비와 유지비가 어마어마하다는 것이다. 그 비용을 술과 안주를 파는 것으로 감당하기 어렵다는 것. 개발자와 투자자들은 그 사실을 이미 알고 있었다.

이 주점의 중심 고객은 술집 이용자들이 아니다. 비밀 회원제로 운영되는 플래티넘 고객 유치가 이 주점의 핵심업무이다. 아들의 성 정체성을 의심하는 부모, 배우자가 못 미더운 사람, 정보를 원하는 기업인. 입회를 기다리는 사람은 많지만, 비밀 회원이 되려면 오랜 대기 시간을 거쳐야 한다.

계속되는 건배 효과음에 술잔이 찰랑인다. 분위기가 무르익으며 깊은 이야기들이 오고 간다. 가장 비싼 돈을 내고 방에 입장한 플레티넘 손님도 술자리를 함께한다. 그들을 비추는 모니터는 그 어디에도 없다. NON 주점의 각 룸은 오늘도 만석이다.

실
험
복
도

실험복도

몽롱한 상태의 중년 여자가 철문을 힘겹게 열고 복도로 들어선다. '쾅' 하는 소리와 함께 두꺼운 철문이 닫히자 놀란 여자는 정신을 차린다.

"여기가 어디지?"

베이지색의 기다란 복도가 보인다. 간간이 설치된 할로겐 조명이 복도를 비춘다. 복도 끝엔 반투명 유리가 끼워진 미닫이문이 보인다. 반투명 유리 사이로 흐릿한 빛이 새어 들어온다.

여자는 뒤를 돌아본다. 자신이 지금 들어온 철문 주위엔

실빛 하나 들어오지 않는다. 미닫이문까지는 멀지 않은 거리다. 여자는 미닫이문까지 가야 한다고 확신한다. 발걸음을 내딛는다. 출구가 보이니 그리 불안하지 않다.

'또각. 또각.'

구두 소리가 복도를 채운다. 차분히 울리던 그녀의 구두소리는 점점 속도가 줄더니 반도 못 가서 이내 멈춘다.

"누구 있어요? 분명 구두 소리가 겹쳐서 들렸는데…. 누가 날 따라오나?"

여자는 급하게 고개를 돌려 뒤를 확인한다.

아무도 없는 것을 확인했지만 불안한 여자는 걸음을 재촉한다.

'또각. 또또각. 또또각.'

자신의 구두 소리가 메아리치는 것인지 보이지 않는 존재가 따라오는 것인지 헷갈리는 그녀는 다시 걸음을 멈춘 뒤 주위를 살핀다. 눈동자에 공포가 가득하다.

천장에 달려 벽을 비추고 있는 조그만 조명이 예사롭지 않아 보인다. 끔찍한 덫을 감추고 있는 것은 아닌지. 그러고 보니 벽도 왜 하필 베이지색일까? 여자는 복도의 색이 처음엔 노란색과 가깝다고 생각했다. 하지만 지금 보니 무채색에 가까운 것 같다. 별 느낌이 없었던 복도가 살인현장이라도 된 듯 으스스해 보인다. 딱딱한 타일 바닥 때문에 그녀는 구두 소리를 들을 수밖에 없다. 왜 여느 호텔 복도처럼 카펫을 깔아놓지 않았을까? 무엇인가를 청소하기 좋게 타일로 바닥을 마무리한 것은 아닐까? 바닥에 흥건한 피를 아무렇지 않게 대걸레로 닦아내는 청소부가 상상된다. 이 복도는 자신을 공포로 몰아넣으려 모든 것을 세팅해 놓은 것이라고 그녀는 생각한다.

이제 다른 방법은 없다. 무조건 달리자. 그녀는 눈을 감고 미닫이문을 향해 냅다 달리기 시작한다.

"또각또각 또또각 또또각. 또르르르."

빨라지는 여자의 구두 소리와 함께 따라오는 구두 소리도 빨라진다. 그녀는 소리의 공포에 사로잡혀 사색이다. 미닫이문에 넘어지듯 도착한 여자는 있는 힘껏 문을 옆으로 밀었지만, 문은 생각보다 무겁다.

"제발. 열리라고!"

마른 체구의 여자는 매달리듯 몸무게를 실어 조금씩 문

을 밀어낸다. 얼굴엔 온통 땀이 흐른다. 간신히 문을 연 여자는 문 밖을 확인하고는 그 자리에서 정신을 잃고 만다. 미닫이문 건너편엔 똑같은 베이지색 복도가 펼쳐져 있다. 그 복도의 끝엔 여자가 힘겹게 연 것과 같은 미닫이가 보인다.

핏기 하나 없이 정신을 잃은 여자의 얼굴을 카메라가 비춘다. 미닫이의 위쪽엔 보일 듯 말 듯 한 작은 카메라가 장착되어 있다. 카메라의 건너편에선 펜을 든 사람들이 열심히 무언가를 적는다. 그들은 대형 스크린에 비추는 복도의 사람들을 보고 나름대로 결론을 짓는다.

"이번 피실험자는 자기가 만든 공포에 갇혔어."

"아쉽네요. 세 번째 문만 나서면 실험이 끝나는데, 끝이 없어 보였나 봐요."

"그러게 말이야. 난 그 사람이 제일 인상이 깊었어. 복도에 들어서자마자 자신이 들어온 철문으로 뒤돌아 바로 나간 사람 말이야."

"저는 갈까 말까 망설이다가 50m 복도를 나오는데 3일

걸린 사람이 제일 기억에 남아요."

실험을 위해 만들어진 복도는 조명과 중간에 문 몇 개만 있을 뿐, 정말 아무것도 없는 복도였다. 복도의 양쪽 끝에 있는 출구는 모두 잠기지 않았다.

피실험자는 그 사실을 전혀 알지 못했다. 수면유도제가 완전히 깨지 않은 상태에서 복도에 놓인 사람들의 행동은 다양했다.

〈다음 실험자 들어갑니다!〉

스피커에서 목소리가 흘러나온다.

펜을 든 사람들이 스크린 앞으로 다시 몰려든다. 복도에 놓인 사람들의 세밀한 표정까지 놓치지 않으려 눈을 부릅뜬다. 그들의 눈은 며칠 밤을 지새운 탓에 빨갛게 충혈되어 있다. 그들은 화면을 지켜보느라 자신들의 행동을 관찰하고 있는 스크린 위의 작은 카메라를 보지 못한다.

당신은 어떤 모습으로 복도를 지나고 있나요

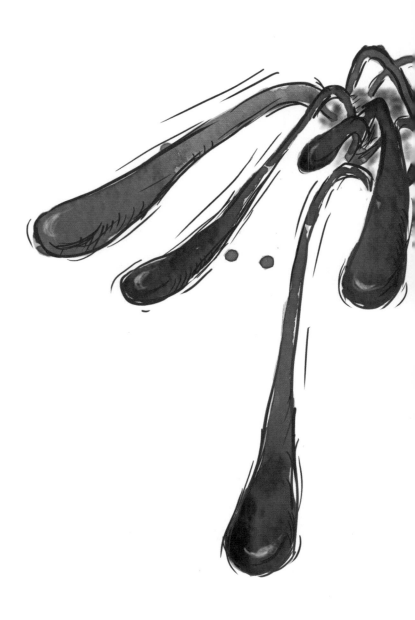

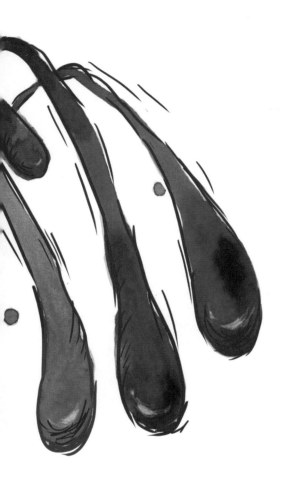

돌기

돌기

제제. 펜을 들고 한참을 고민해도 떠오르는 건 당신뿐이었어요. 당신은 진정 내 아내의 죽음을 안타까워했죠. 이제부터 나는 진실을 쓰려 해요. 진작 말했어야 했는데 이제야 털어놓게 되네요. 아내는 몹쓸 풍토병에 걸려 죽은 것이 아니었어요. 아내를 죽인 건 어떤 바이러스도, 살인마도 아니었죠. 돌기들이었어요. 보일 듯 말 듯 한 작은 돌기였을 뿐인데, 그것이 아내를 죽음으로 밀어 넣었죠. 이제와 이 이야기를 꺼내는 이유는 차차 말하기로 하고 나와 내 아내가 사랑해마지 않던 그 섬에 관해 이야기를 먼저 해야 할 것 같아요.

아내는 입버릇처럼 섬에 관한 이야기를 했어요. 설도. 언젠간 그 섬에서 꼭 살아보겠다며 열심히 돈을 모았죠. 그 섬엔 이야깃거리들 천지였어요. 섬엔 희귀한 동식물들이 그득했죠. 그곳엔 많은 사람이 살았어요. 아내의 소원을 들어주고 싶은 마음에 그 섬 작은 집을 마련한 것이 모든 일의 시작이었죠. 시간을 되돌릴 수만 있다면…. 이제 와서 이런 소리를 한들 무슨 소용이 있겠어요.

섬에 도착했을 때 아내는 뛸 듯이 기뻐했죠. 아내는 처음 본 꽃을 설명하기 위해 애를 쓰곤 했어요. 그 섬이 그러했죠. 세상에서 쓰던 말로는 부족했어요. 그곳을 설명하려면 창의적이어야 했어요. 난 그런 그녀를 보고 있는 것만으로도 행복했죠. 저 멀리 두고 온 것들은 생각조차 나지 않을 만큼 행복한 날들의 연속이었어요.

제제. 당신도 기억하죠? 내 아내의 신비로운 생기를요. 그녀의 품 안에서 의미를 얻곤 했던 의미 없는 것들을 당신은 기억하고 있는지 모르겠군요. 그것은 그녀의 의지였어요. 스치고 지나칠 수 있는 것들을 그냥 보내지 않았죠.

그런 그녀가 내 삶의 전부였죠.

섬에 살던 사람들은 우리 부부를 아니, 내 아내를 좋아했어요. 섬의 한 식구로 기꺼이 받아주는 듯 보였죠. 하지만 나의 눈은 속이지 못했어요. 그녀의 말을 듣고 돌아서는 섬사람들의 차가운 냉기를 나는 느꼈거든요. 아내에게 말해줬죠. 마음속을 다 꺼내지 않는 것이 좋겠다고요. 아내는 별일 아니라는 듯 나에게 말했어요. 당신이 너무 예민한 거라고.

어느 날이었어요. 새로 이사 온 우리 부부의 집을 구경하고 싶다며 중년 여인이 집에 왔죠. 내 아내는 한참 동안 부엌에 서서 요리하며 재잘거렸어요. 섬에 들어오기 전 어떻게 살았는지, 섬이 자신에게 어떤 의미인지 한참을 떠들어댔죠. 재미있게 이야기를 들으며 식사를 마친 여인은 집으로 돌아가며 내게 조용히 이야기를 건네더군요.

"당신 부인 참 불쌍해요. 저렇게 절뚝이며 요리를 하다니. 묘기를 보는 것 같아요."

그 말을 들었을 때 나는 어떻게 대답해야 할지 몰라 그냥 웃어 보였죠. 아내는 절뚝이지 않았거든요. 어색하게 웃는 내 얼굴에 윙크를 건네며 나서는 중년 여자의 눈에서 그걸 처음 보았어요. 돌기. 하얀 눈동자에 볼록하게 솟아있는 돌기를 보았죠. 징그럽다고 생각했어요. 그런 적 있죠? 한 번 눈에 거슬리기 시작하면 그것만 계속 눈에 보이는 것 말이에요. 그 날 이후로 내 눈엔 돌기만 보였어요. 바닷가에서 만난 한 노인이 말했어요. 내 아내에게서 이상한 냄새가 난다 했죠. 나는 전혀 느끼지 못하고 있었는데…. 그 노인의 코에도 돌기가 있었어요.

그 돌기는 한눈에 봐도 심상치 않다는 것을 알 수 있었어요. 점이나 사마귀 같은 그저 눈에 거슬리는 돌기가 아니었거든요. 그건 마치 작은 눈동자 같았죠. 밝게 빛나는 작은 돌기였지만 그 안에 모든 신경이 쏠려있는 것 같았어요. 생각하는 돌기처럼 보였다니까요. 아무튼, 돌기를 발견한 이후 나는 모든 마을 사람들에게서 같은 돌기를 찾아낼 수 있었어요. 부위는 다르지만, 그 섬에 사는 사람들은 하나씩 돌기를 갖고 있었죠. 돌기의 감각이 사람들을 혼란시키는 것 같았어요. 어쩌면 그래서 그들이 섬에 모여 살기 시작했는지 모르죠.

나는 돌기가 거슬리기 시작했어요. 솔직히 말하면 무서웠죠. 그것은 겉으로는 작게 돋아나 있었지만, 안으로는 길게 뻗어 사람을 지배하는 것 같았어요. 척수를 파고들어 뇌까지 길게 뻗어 있을지 모르는 일이었죠.

아무튼, 내 직감은 틀리지 않았어요. 나 홀로 며칠 물에 나와 돈을 마련하고는 집에 돌아왔죠. 섬에서는 딱히 돈벌이가 없었거든요. 내가 자리를 비운 사이 아내는 다른 사람이 되어 있더군요. 그녀의 눈은 초점을 잃은 지 오래인 듯 보였어요. 정신 차리라는 나의 말에도 그녀는 멍하니 바다만 바라봤죠. 그녀는 내게 말했어요.

"여보. 내 절뚝이는 걸음으로 바다를 건널 수는 없겠지? 여보. 나에게서 나는 냄새 때문에 사람들이 곁에 오지 않겠지? 이제 어떻게 해?"

"왜 그런 말을 해? 아니라는 거 알잖아."

"당신이 아무리 아니라 해도 섬사람들은 그렇게 안 봐."

"그건 사람이 아니야. 당신을 당신대로 못 보는 건 돌기 때문이야."

나도 모르게 내 속 이야기가 튀어나왔지 뭐예요. 돌기라니. 아내는 오히려 날 이상하게 봤어요. 나는 안 되겠다 싶어 뭍으로 돌아갈 계획을 세웠죠.

아내와 섬을 떠나기 전날. 기어이 일이 벌어지고 말았어요. 아내는 마지막으로 섬 풍경을 눈에 담고 싶다며 언덕에 올랐죠. 멀지 않은 거리라 나는 큰 걱정 없이 그녀를 보냈어요. 차 한잔을 들고 창밖을 바라봤죠. 바다가 내려 보이는 언덕 위 그녀의 실루엣이 달빛을 받아 반짝였어요. 그때였어요. 그녀 뒤로 사람들이 몰려들었죠. 그녀는 깜짝 놀라 뒤를 돌았어요. 나는 멀리서 바라볼 뿐이었죠. 그녀도, 사람들도 검은 그림자로만 보였어요. 그녀와 섬사람들의 거리는 좁혀지지 않았어요. 서로를 바라보고만 있었죠. 그러다 갑자기 그녀가 언덕 아래 검푸른 바다로 몸을 던졌어요.

사실 이제야 말인데요. 나는 똑똑히 보았어요. 마을 사람들 입과 귀, 눈과 코. 성기에서 뻗어 나가는 돌기들을 말이에요. 그녀는 스스로 떨어진 게 아니었어요. 돌기들이 길게 늘어지며 그녀를 언덕에서 밀었어요. 작은 돌기 여럿이 모이니 그녀를 밀어낼 힘은 충분했죠. 나는 깜짝 놀라 그녀에게 내달리려 했지만, 곧 알 수 있었죠. 돌기가 나를 향하고 있다는 것을요. 나는 조용히 몸을 숙였어요. 돌기가 내게 묻는 것 같았어요. 너도 그녀와 같냐고. 나는 대답한 것이나 마찬가지였어요. 나는 그녀를 모른다고. 그렇게 숨 죽이며 밤을 지새우고 나는 간신히 뭍으로 나오는 배를 탈 수 있었죠.

이후의 이야기는 제제 당신이 알고 있는 그대로예요. 난 섬을 모르던 이전과 같이 살려 노력했어요. 그녀를 잊지 못한 채 말이에요. 그녀의 시신이라도 두 눈으로 봤다면 그녀를 떠나보낼 수 있었을까요? 아니, 처음부터 내 곁에 그녀가 있기나 했었는지 헷갈려요. 제제. 나는 아직도 그녀가 있는 그 섬을 그리워하는 걸까요?

이제 당신은 아내의 죽음을 묵인한 나를 욕하며 손가락질할지도 모르겠군요. 그런데도 이야기를 당신에게 꺼내 놓은 이유가 있어요.

오늘 나의 돌기를 발견했어요. 복부 한가운데 돋아난 돌기를 병원에서 레이저로 제거했죠. 그런데 반창고를 떼어 보니 다시 더 길게 돋아나 있더군요. 몸속으로 길쭉하게 자라고 있던 돌기가 이제야 몸 밖으로 드러나나 봐요. 내 돌기는 섬사람들에게서 전이된 걸까요? 원래 내 몸에 있던 걸까요? 어쩐지 얼마 전부터 다른 사람들을 보면 배가 아프더라고요. 내 돌기도 사람을 죽이게 될까 봐 겁이 나요.

　이봐요. 제제. 무슨 일이 생기거든 내 이야기를 좀 전해 줘요. 내가 어떤 끔찍한 일을 벌이든 그건 내 뜻이 아니에요. 그저 돌기가 돋아나 나를 휘두른 것뿐이라고요. 이제 나는 어쩌죠? 돌기가 나를 집어삼킬지 모른다는 생각에 잠을 잘 수조차 없어요. 차라리 밖으로 타인을 향해 빠져나갔으면 좋겠어요. 지금 생각해보니 섬사람들도 나와 같았을지 모르죠.

　제제. 당신도 조심해요. 언제 당신 몸 어딘가에 돌기가 돋아날지 모르니까요.

너의 돌기가 누군가를 해칠지 몰라

탄성

탄성

튀어 오르고 싶었다. 나를 끌어당기는 중력을 무시하고
하늘로 가볍게 튀어 오르고 싶었다. 탄성 좋은 조그만 앙체
공처럼. 언젠가 술에 취한 늦은 밤 어렴풋이 본 적이 있다.
어떤 힘에 의해 높이 튀어 오른 남자를. 나도 그와 같을 수
있을까? 의심을 버려야 했다. 난 오늘, 분명 성공할 수 있다.

사람들 눈에 띄지 않게 날이 어두워지길 기다렸다. 상담
사와 수없이 연습했던 것들 하나하나 마음속에 되새기며
밤을 맞았다.

〈자기 자신을 믿어요. 누구나 탄성을 가지고 있죠. 바람

이 빠진 공은 잘 튀어 오르지 못해요. 원래 있던 곳으로 튀어 오를 수 있다고 자신을 믿어야 공기가 가득한 공처럼 빵빵해진답니다. 탄성이 강해지는 거죠. 고기준 씨. 할 수 있습니다.〉

상담사의 말을 떠올리며 눈을 감았다. 난 할 수 있다. 어릴 적 꾸었던 꿈이 생각났다. 높은 곳에서 떨어지면 '통' 하고 튕겨져 다시 하늘을 날았다. 그렇게 통통거리며 자유롭게 뛰어다니는 꿈. 지금 이 순간을 예견한 꿈이었을까?

저항할 수 없는 중력, 그 힘에 맞설 수 있는 능력을 일찍 알았다면 좋았을 텐데…. 그랬다면 그녀가 날 떠나지도 않았겠지. 이 땅엔 지긋지긋한 것들 천지다. 평생을 갚아야 할 대출이 껴있는 아파트, 욕심 많은 그녀가 그렇게나 살고 싶어 했던 강이 보이는 넓은 집, 날 해고한 사람들. 그것들 모두 땅에 붙은 채 중력에 속해 있다.

하지만 이제 난 달라졌다. 아무리 나를 땅에 내팽개쳐도 다시 튀어 오르는 탄성 좋은 사람으로 거듭났다. 오늘 그것을 증명해 보여야지.

날이 적당히 어두워졌다. 나는 최대한 가벼운 옷차림으

로 현관을 나섰다. 엘리베이터 문이 열리고 아파트 꼭대기 층에 내렸다. 높이 튀어 오르려면 그만큼의 힘이 가해져야 했다. 내가 사는 25층 아파트가 제격이었다.

아파트 옥상 난간에 걸터앉았다. 땅에 속해 있는 것들이 한눈에 보였다. 밝게 빛나는 조명 때문에 그것들이 잠깐 아름답게 보였지만 나는 고개를 저으며 땅의 민낯을 상기했다. 저 멀리 어두컴컴한 산이 보였다. 그 사이 널찍한 바위가 희끗하게 터를 잡고 있었다.

〈저기다. 저기가 목표지점이야. 바위까지.〉

나는 설레는 마음으로 몸을 앞으로 점점 기울였다. 더는 저항할 수 없는 것들에 움츠려 있을 수는 없다. 이제 튀어 오르자.

〈나는 나를 믿어. 나는 탄성이 좋은 사람이야.〉

내가 가진 특별한 능력을 진심으로 믿어 의심치 않았다. 이제 그것을 보여줄 시간이다. 자! 가자. 하나. 둘. 셋.

나는 바람을 가르고 25층 옥상에서 기분 좋게 뛰어내린다. 튀어 오르기 좋게 자세를 바로잡아야 한다. 다이빙 선

수처럼 무릎을 구부리고 양팔로 감싼다. 몸을 회전시키며 착지할 순간을 가늠한다. 땅이 가까워지면 회전을 멈추고 다리를 힘껏 굴러 힘을 받아 튀어 올라야 한다. 모든 감각이 깨어 있다. 한 치의 흐트러짐 없이 머릿속에 그려왔던 대로 내 탄성에 집중한다.

〈당신은 글렀어! 모든 것이 기준 미달이야.〉

아! 왜 하필 지금! 그 말이 마음속에 울려 퍼지는 건지 나는 이해할 수 없다.

그녀가 했던 말이다. 죽어라 살아봤자 기준에도 못 미치는 건가. 맞추려 하면 할수록 높아져만 가는 기준. 후. 상관없다. 이제 난 땅의 기준 따위 무시한 채 발만 구르면 된다. 다시 집중해야 하는데, 나를 믿어야만 탄성 능력이 발현되는데 그녀의 말이 머릿속에서 떠나지 않는다.

〈호. 혹시, 정말 그녀 말대로 내가 기준에 못 미치는 거 아니야? 나의 탄성도 그저 그래서 튀어 오르지 못하면 난 어떻게 되는 거지? 아니야. 그럴 리 없어. 난 나를 믿어. 분

명히 믿는다고. 아니야. 사실 못 믿겠어. 말이 안 되잖아!〉

자세를 바로잡아야 하는데 생각보다 땅이 빠르게 눈앞으로 다가온다. 중력이 거대하게 느껴진다. 순간 머릿속이 하얘진다. 숨이 가빠 오며 근육의 힘이 모두 풀려버린다.

〈어젯밤. 서울의 한 25층 아파트에서 생활고를 비관한 남자가 투신하는 일이 벌어졌습니다. 그는 해고를 당한 뒤 아내와도 별거 중인 상태였는데요, 최근엔 심리상담까지 받아가며 재기를 준비했지만 새로 연 가게가 거리 두기로 인해 매출이 급감한 사연이 알려지면서 안타까움을 더하고 있습니다. 숨진 고씨의 아파트대출금과 자동차 할부금이 수개월 밀려있는 상태였다고 합니다.〉

땅이 말해주는 나의 이야기가 귓가에 들려온다. 그건 전혀 사실이 아니다. 아무도 모른 채 묻힐 나의 이야기. 난 나를 믿었기에 튀어 오를 수 있었다. 탄성 능력 때문에 분명 시원하게 땅을 박차고 가볍게 날 수 있었는데, 갑자기 그녀의 말이 떠올랐던 것뿐이다.

나를 철저히 믿어야 했던 그 중요한 순간에….

튀어 오르거나 곤두박질 치거나 그것은 너의 마음에 달렸어

너

너

"아무도 없어? 야! 거기 누구 있냐고!"

나는 높은 나무에 올라 허공에 대고 소리쳤다. 까치발을 들어 주변을 살폈다. 딛고 있는 나뭇가지가 쩍 소리를 냈다. 떨어지지 않으려 나무를 힘껏 끌어안았다.

"누구 있냐고. 누구 있냐고…."

대답 대신 돌아오는 메아리 소리에 힘이 빠졌다.

'이렇게 깊은 숲속에 누가 있겠어.'

발바닥에 힘을 주고 나무를 감싸며 땅으로 내려왔다. 실망한 나는 눅눅한 이끼에 몸을 눕혔다. 조금은 쌀쌀한 것 같아 팔짱을 껴 몸을 감쌌다. 그렇게 한참을 누워 있었다. 눈물이 흘렀다.

갑자기 왜 그런 생각이 들었는지 나도 모를 일이었다. 잘 살고 있었던 나인데. 나만의 낙원에서 혼자 자유롭게 이리저리 뛰어다니며 아무 근심 없이 살고 있었는데….

'나와 같은 사람이 있을까? 나와 비슷할까?'

어느 날, 문득 그렇게 시작된 질문이었다. 그 물음표는 점점 몸집을 키워 나의 머릿속을 꽉 채우고 말았다.

"너. 거기 있니? 너는 누구니? 너는 뭐니. 궁금하다, 너."

한 번도 본 적 없는 이름 모를 누군가를 그리워하는 일은 이제 나의 일상이 되어버렸다. 어디를 가도 무엇을 먹어도 풀리지 않는 지독한 목마름은 날 괴롭혔다.

'더는 이렇게 살 수 없어. 마지막으로 그곳에 한 번 가보는 거야. 이 숲의 끝 폭포. 그곳에서도 찾을 수 없다면 깨끗이 포기하자.'

그렇게 나는 길을 나섰다.

며칠을 걸어 폭포에 도착하자 장관이 눈앞에 펼쳐졌다.

거대한 폭포는 숲의 물줄기를 절벽 아래로 힘차게 토해내고 있었다. 저 멀리 드넓은 초원이 펼쳐졌다. 가슴이 두근거렸다. 그토록 원하던 누군가를 만날 수 있을 것만 같은 희망이 내 심장을 흔들었다. 나는 고개를 쭉 뻗어 폭포 아래를 살폈다. 바위를 피해 뛰어내리기 좋은 곳을 마음속에 점 찍고 숨을 깊게 들이마셨다. 두렵기도 하지만 이대로 숲속으로 돌아간다면 평생을 후회하겠지. 두 눈을 질끈 감았다. 가보는 거야.

'풍덩!'

희뿌연 물방울이 나를 감쌌다. 생각보다 물살이 셌다. 온몸에 힘이 들어갔다. 이러다 죽겠다 싶을 때쯤 간신히 물가로 기어 나온 나는 진이 빠져 털썩 엎드렸다.

'진짜. 죽을 뻔했네. 헉. 헉.'

가쁜 숨을 몰아쉬고 있던 그때 멀리서 발소리가 들려왔다. 나는 고개를 돌려 소리 나는 쪽을 바라봤다. 폭포에서 튀는 물방울이 뿌옇게 시야를 가렸다. 누군가 나에게 걸어오고 있었다. 숲속 동물은 아니었다. 분명 나와 같은 형체를 한 사람이었다.

"휴. 드디어 만나는구나. 여기야!"

나는 아래팔로 땅을 짚어 간신히 상체를 일으켜 세웠다. 헤엄을 치느라 힘이 빠져 일어서기 힘들었다. 저 멀리 있는 사람이 볼 수 있도록 나는 나머지 위 팔을 흔들어 그를 불렀다. 안도의 한숨이 흘러나왔다. 내 예상이 맞았다. 나와 같은 사람이 있다. 그가 날 본 것을 확인한 후 벌러덩 누워 하늘을 바라봤다. 온몸에 힘이 빠져 죽을 것 같지만 미소가 지어졌다. 하늘의 구름이 유난히 희게 빛났다.

"어머. 어떻게 해. 저런 건 처음 봐."

그의 목소리가 점점 선명히 들려왔다. 그에게 나의 이야기 들려주고 싶었다. 그의 이야기도 궁금했다. 얼른 기운을 차려 어렵게 만난 그와 시간을 보내고 싶었다.

그가 가까이 다가왔다. 흰 구름을 가리며 나를 내려보는 얼굴엔 두 개의 눈이 신기한 듯 깜빡이고 있었다. 그의 얼굴을 본 나는 깜짝 놀라 벌떡 일어나 앉았다.

"악!"

이마에 눈이 없다니. 나와 다른 그의 모습에 놀라 입이 다물어지지 않았다.

"꺅! 꺅!"

내 비명에 놀라 그도 소리를 질러댔다. 자세히 보니 그는 팔도 두 개밖에 달리지 않았다. 팔이 오른쪽에 두 개, 왼쪽에 두 개 달려있어야 하는데…. 괴물 같았다.

징그러운 그의 모습에 나는 눈살이 찌푸려졌지만 그를 알고 싶은 내 마음을 누를 수는 없었다. 나는 그에게 천천히 손을 뻗었다.

"안녕. 나는 너를…."

그때였다. 그의 비명을 들은 사람들이 몰려들었다. 말을 다 마치지도 못한 채 나는 사람들에게 둘러싸였다. 그들은 모두 두 개의 눈과 두 개의 팔을 갖고 있었다.

"괴물이야. 폭포에서 괴물이 떨어졌어."

사람들이 웅성거렸다. 그들이 나를 괴물이라 불렀다. 나를 노려보는 그들의 눈빛이 매서웠다. 어떻게든 이 상황을 벗어나야겠다는 생각이 머릿속에 스쳤다. 나는 행운과 감사의 상징인 옥색 돌을 찾아 강가를 두리번거렸다. 그 돌을 건네면 그들이 내 마음을 알아줄 것만 같았다. 큼지막한 옥색 돌이 눈에 들어왔다. 나는 돌을 집으려 손을 뻗었다.

"퍽! 퍽!"

갑자기 하늘이 핑하니 돌았다. 귓가에 소리가 윙윙거리며 부서졌다. 내 머리를 둔탁하게 쳐대는 충격 때문에 정신이 아득했다. 너를 정말 보고 싶었다고 말하려 했는데…. 너를 보려고 용기를 내어 여기까지 왔다고 예쁜 돌을 건네려 했는데.

"괴물이 돌로 우리를 치려고 하잖아. 우리를 해치기 전에 죽여버려야 해."

사람들의 목소리가 들렸다. 힘없이 축쳐진 나를 그들은 계속 돌로 쳤다. 터져버린 입술로는 어떤 말도 제대로 할 수 없었다. 나는 무엇을 그토록 찾아 헤맸던 걸까? 미치도록 억울했다.

"너…. 너…. 나."

짓이겨진 입술로 간신히 내뱉은 너라는 단어가 나로 들렸다. 그때야 나는 알 것만 같았다. 너를 봐야 나를 아니까.

'너를 찾아 헤맨 것은 나를 알고 싶어서였어.'

하늘의 흰 구름이 지나가자 밝은 태양이 드러났다.

"이것 좀 봐. 맙소사. 팔이 네 개야. 이마에 눈도 달렸네? 아이. 징그러워. 이 발 모양 좀 봐. 어떻게 입이 이렇게 생겼지?"

나를 보고 놀라는 그들의 목소리가 아득해졌다. 아. 내가 그렇구나. 이제야 지독한 목마름이 해소되는 기분이었다. 둥그렇게 둘러싼 채 나를 이리저리 헤집으며 관찰하는 그들의 얼굴 사이로 햇빛이 쏟아졌다.

언젠가 너와 다른 사람을 만나는 날 그 돌은 널 향할지 몰라

봄발정

봄발정

"징그럽기 짝이 없는 천한 것 같으니라고!"

남자는 마당으로 떨어지는 벚꽃잎을 쓸며 씩씩거렸다. 길가에 핀 벚꽃이 바람에 실려 마당으로 날아들 때면 남자는 얼굴이 벌게졌다. 쓸어도 쓸어도 눈처럼 내려앉는 꽃잎을 보며 남자는 짜증스럽게 빗자루를 집어던졌다.

"씨발. 이게 뭔 개고생이야."

남자가 그러든 말든 대문 밖 사람들 얼굴엔 환한 웃음이 피어났다. 동네 벚꽃 명소로 알려진 남자의 집 앞. 가로수 벚꽃이 만개해 길가를 환히 채우고 있었다. 사람들은 거리로 나와 사진을 찍어대며 봄이 왔다고 좋아했다. 남자는 대문을 열어 삼삼오오 꽃놀이하는 사람들을 보고 한숨을 쉬었다.

"병신들. 뭘 알아야 말이지."

남자는 소리가 나도록 대문을 쾅 닫았다. 집으로 들어온 남자는 천불을 삭히며 찬물을 벌컥벌컥 마셨다.

"저거 저거. 벚꽃이 무슨 의미인지도 모르고 사진을 찍어대고 말이야. 니들 눈엔 안 보이냐? 나무가 발정이 났잖아!"

너저분한 남자의 집에 생기란 찾아볼 수 없었다. 널브러진 전단지와 메모장을 발로 툭 치며 남자는 창가로 자리를 옮겼다.

"이쁘긴 뭐가 이뻐. 어떻게든 벌레를 유혹하겠다고 흐드러지게 몸을 부풀린 꼴이라니. 쩍 하니 다리를 벌리고 어서 오라고 웃음을 흘리잖아. 추운 겨울이 지나자마자 기다렸다는 듯이 아주 그냥. 정말 상종 못 할 나무지 뭔가. 그 뒤처리는 누가 해? 벌레를 꼬이다 못해 사람까지 꼬이게 만들고는. 쯧쯧. 저런 닳고 닳은 늙은 나무를 봤나. 꽃잎은 왜 흘리는데? 암캐가 발정난 피를 뚝뚝 떨어뜨리 듯이 저 것도 꽃잎을 여기저기 떨어뜨리며 교태를 부리잖아. 아무 것도 모르는 병신들이 그 교태에 속아 너도나도 사진이나 찍어대고. 쩍 벌어진 나무의 성기를 찍어대니 포르노가 따로 없군 그래. 정신 나간 것들. 그러다 생긴 버찌는 또 어떻고! 아무렇지 않게 싸질러놓은 버찌가 온통 바닥을 뻘겋게 물들이잖아. 저거 싹 다 베어버렸으면 좋으련만. 그래도 저 사람들은 좋다고! 도저히 못 봐 주겠구만."

남자는 혼자 한참을 중얼거리다 거리가 훤히 보이는 창문을 열어젖혔다.

"야! 이 씨발넘들아! 발정난 나무에서 떨어져! 니네도 지독한 봄발정 옮는다!"

벚꽃에 취한 사람들 사이로 남자의 목소리가 날카롭게 내리꽂혔다.

"뭐야? 이게 무슨 소리야?"

"정신병자인가 봐. 시끄러워 죽겠네. 신고할까?"

사람들이 수군거리며 남자의 집을 쳐다봤지만 남자는 개의치 않았다. 진실을 알리고 싶은 남자의 목소리에 절실함

마저 느껴졌다. 활짝 열린 창문 밖으로 몸을 내밀고 더 보란 듯이 소리를 질렀다.

"똑바로 봐. 대가리가 있으면 생각을 좀 하라고! 니넨 속고 있는 거야!"

때마침 바람이 불어 남자의 거실로 벚꽃 잎이 날아들었다. 그 바람에 바닥에 널려있던 전단지가 펄럭이며 뒤집혔다.

사람을 찾는다는 전단지엔 오래전 집을 나간 남자의 아내가 벚나무를 배경으로 묘하게 웃고 있었다.

"이년. 너도 그래서 나 버리고 집 나간 거지? 잡히면 죽여버린다."

그의 목소리에 허망한 울음이 섞였다.

감
옥

감옥

"이러지 마. 제발"

"흐흐흐. 니가 다 자초한 일이야."

흐느끼는 G에게 남자는 한 발짝 더 다가섰다. 그의 손에 들린 칼끝에서 붉은 핏방울이 뚝뚝 떨어졌다. 벽에 기대앉은 G는 뼈가 드러난 자신의 다리를 내려다보며 가쁜 숨을 쉬었다. 몸서리쳐지는 고통이 밀려왔다. G는 눈을 감았다.

〈판결을 내리도록 하겠습니다.

피고인은 자신의 범행 일체를 자백하였으나 심신 미약

상태에서 저지른 우발적 범행이라 주장하고 있습니다.〉

"헉. 헉. 꼭 이래야 하니. 지금이라도 늦지 않았어."

G가 남자를 바라보며 애원했지만 남자는 꿈쩍도 하지 않았다.

"니가 날 버렸잖아. 어떻게 나한테 이럴 수 있어. 숨으면, 내가 못 찾을 줄 알았어? 이날만 기다렸어. 너 같은 건 죽어 없어져야 해."

남자는 무릎을 꿇어 G의 얼굴에 침을 뱉었다.

〈하지만 이번 사건은 피고인의 극단적 인명 경시에서 비롯된 계획적 살인이라는 것이 명백합니다. 피해자를 계속해서 추적한 점, 살해 도구를 미리 준비한 점이 그것을 뒷받침해 주고 있습니다.〉

G는 반항할 힘도 없었다. 남자의 팔이 움직였다. 스걱. 차가운 칼날이 뱃속으로 들어왔다. 시린 금속의 느낌이 내장에 고스란히 전해졌다. 숨이 턱 막혔다.

"헉. 크그극."

한 번, 두 번, 세 번…. 뱃속을 파고드는 날 선 분노가 내장을 갈라놓았다. G는 남자의 얼굴을 노려보며 핏기 가득한 눈도 감지 못한 채 어둠 속으로 빨려들어갔다.

〈무엇보다 범행수법이 잔인하고 시신의 훼손 상태가 참혹한 점 등을 고려할 때 죄질이 극히 좋지 않습니다. 이에 본 법정은 피고인에게 20년 형을 구형하는 바입니다. 탕 탕 탕!〉

"아! 아악!"

G는 깜짝 놀라 두 눈을 부릅떴다.

"꾸…. 꿈이었나?"

정신은 들었지만, 고통은 여전히 남아 있었다.

"여기!"

G는 부들부들 떨리는 손짓으로 사람을 불렀다. 멀리서 누군가 다가왔다. 그는 G를 부축해 일으켜 앉히고, 이것저것 상태를 살폈다. 호흡, 맥박. 모든 것이 괜찮은 것을 확

인한 그는 G에게 먹을 것을 건넸다.

G는 그가 건네는 음식을 간신히 받아 먹으며 중얼거렸다.

"정말, 끔찍한 꿈이었어요. 아직도 느낌이 생생해요. 다시는 꾸고 싶지 않은 꿈이에요."

G를 살피던 그가 말했다.

"그런데, 어쩌나. 넌 그 꿈을 15년간 더 꿔야 하는데. 다 먹었으면 어서 다시 자리에 눕도록 해!"

"뭐라고요?"

"아직 정신이 덜 들었나? 뭐가 현실이고 뭐가 가상인지 벌써 구분 못 하는 거야? 정신 차려! 넌 지금 감옥에 갇혀 죗값을 받는 중이다!"

그는 당황한 기색이 역력한 G를 밀어 자리에 눕히고는 다시 버튼을 눌렀다.

죄수와 연결된 컴퓨터가 다시 범죄 현장을 재현하고 그들의 의식을 빨아들였다. 죄수의 몸 구석구석에 이식된 감각 센서는 피해자들이 당했을 고통을 똑같이 재현해 내고 있었다.

죄수들은 자신이 저지른 범죄를 똑같이 재현한 가상현실 안에서 피해자가 되어 있었다.

"으악!"

자신이 만든 감옥에 갇힌 G는 죄를 후회할 겨를도 없이 또 다시 내장이 끊어지는 고통에 몸부림쳤다.

너도 느껴봐야….

추격자

추격자

나는 손가락을 비벼 배설물의 건조한 상태를 확인했다.
그놈 말의 배설물이 확실했다. 일주일은 된 것 같았다. 풀
로 잔뜩 배를 채운 말의 똥은 수분이 많아 단단했다. 여기
저기 널린 말똥을 보니 이곳에서 며칠 충분히 먹고 지낸
모양이었다. 낮은 강물이 흐르는 초원에서 기운을 충전하
며 그는 어디로 목적지를 정했을까. 강가 주변 질척한 곳
에 그의 발자국이 보였다. 깊게 팬 정도며 크기로 보아 장
신의 거구임이 틀림없었다. 그를 한 번도 본 적은 없지만,
말에 오르는 그의 험악한 모습이 눈앞에 그려졌다.

"이거. 만만치 않겠는데? 보통 놈이 아니야."

나는 냇가로 다가가 수통에 물을 가득 채우며 중얼거렸다. 쉬운 일은 아니었다. 하지만 난 결국, 그놈을 찾아낼 것이다. 놈을 찾아 나의 명예를 드높이면 돈과 여자는 따라오기 마련이었다. 그는 두려움을 몰고 다녔다. 예측할 수 없는 행동과 수려한 말솜씨, 무엇이든 제 것으로 만드는 기술에 사람들은 치를 떨었다.

그래 봤자 그는 떠돌이 신세였다. 마을 사람들, 특히 가진 게 좀 있다는 사람들이 발 벗고 나서 그를 없애려 했다. 그를 잡아 오면 거액을 주겠다는 사람까지 생겨났다.

난 보통 사람들보다 더 약삭빨랐다. 주변을 세심히 살펴 정보를 얻을 줄 알았다. 왜소한 몸 때문에 말과 함께 더 멀리 달릴 수도 있었다. 그러니 그를 잡을 기회가 내게도 올지 모르는 일이었다.

"그 새끼를 내 손으로 잡아 본때를 보여주겠어! 악마 같은 놈."

나는 끓어오르는 가래를 거칠게 바닥에 뱉고는 말에 올랐다. 말의 옆구리를 내리치며 그놈 말발굽이 새겨진 서쪽을 향해 속도를 높였다.

이틀을 꼬박 달리니 작은 마을이 보였다. 나는 헐떡이는 말을 묶어두고 불빛이 새어 나오는 작은 주점으로 향했다. 그놈도 분명, 이 마을에 머물렀을 테지. 나는 감자 수프와 위스키를 허겁지겁 마시고는 주인에게 물었다.

"며칠 전, 낯선 사람이 이곳에 오지 않았소?"

"낯선 사람이라. 오호. 불쌍한 매춘부 조이를 구원해 준 사람 말이로군. 왔었지. 6일 전쯤인가? 조이와 며칠을 지내고 엊그제 이곳을 떠났네."

"조이? 그녀를 만날 수 있나?"

"그럼. 하지만 돈을 내야 해. 며칠 만에 그녀 몸값이 껑충 뛰었어."

난 적지 않은 돈을 지급하고 2층 그녀의 방에 오를 수 있었다. 문을 열자 주근깨투성이 절름발이 여자가 나를 맞이했다. 그녀의 몸값이 왜 비싼지 이해할 수 없었다.

"얼마 전 당신을 찾은 건장한 사내에 관해 물을 것이 있소."

"오. 그이를 아는 사람인가요? 그렇지 않아도 그 사람이 그리워 미칠 것만 같았어요. 여기 앉아봐요."

그녀는 나를 침대에 앉히고 바짝 다가와 아이처럼 수줍게 웃었다.

"어디로 간다고 하던가?"

"그는 사막으로 갔어요. 다른 건 몰라요. 그는 말 많은 사람이 아니에요. 나와 지내는 동안 내 이야기만 줄창 했다니까요. 그는 들을 줄 아는 사람이었죠. 아무도 관심 가져주지 않는 나를 궁금해한 유일한 사람이었고요. 4일 내내 이 방에선 웃음소리와 울음소리가 끊이지 않았죠. 난 그에게 감사의 뜻으로 내 소중한 은장식을 목에 걸어 줬어요. 사람들은 궁금해했죠. 내 방에서 무슨 일이 일어나고 있는 것인지. 그가 이 동네를 떠나면서 한마디 했대요. 조이는 굉장한 여자라고. 그 말 한마디로 내가 이렇게 유명해졌어요. 대단한 잠자리를 기대하고 남자들은 내 방에 들어왔어요. 하지만 난 밤새 그들에게 질문했죠. 그가 내게 했듯이. 이야기를 진심으로 들어주니 그들의 마음이 열리더군요. 그 어떤 섹스보다 채워진 느낌이라고 하더라고요. 호호. 물론 몇 명은 대화로만 끝난 것이 아니었지요."

"그는 악명 높은 사람입니다. 사람들은 그를 두려워해요. 당신은 당한 거예요."

"그럴 리가요. 그가 내게서 무엇을 가져갔기에 내가 당했다고 말하나요? 은목걸이도 내가 주고 싶어서 줬을 뿐. 난 아무도 거들떠보지 않는 절름발이 매춘부였죠. 그는 달랐어요. 그는 하찮은 짐승, 자신이 부리는 말까지 사랑하는 그런 사람이었다고요. 사람들이 두려워하는 이유는 그와 같이 될 수 없어서예요. 당신이야말로 속고 있군요! 그이에겐 죄가 없어요!"

나는 조이를 뒤로하고 술집을 나와 서둘러 말에 올랐다. 이틀 전 그가 마을을 나섰다면 충분히 따라잡을 수 있었다. 밤새 달리면 사막까지 반나절이면 충분했다.

달리는 말 위에서 웅크린 몸으로 바람을 맞으며 나는 생각했다. 그에게 죄가 없다고? 정신 나간 창녀도 그놈에게 홀린 것이 분명했다. 날이 밝기 시작했다. 눈앞에 아득한 사막이 펼쳐지자 문득 너무 서둘러 마을을 나선 것이 떠올랐다.

"아! 이런. 물! 사막을 건널 만큼 충분하지 않을 텐데."

어스름한 하늘이 밝아지니 저 앞에 뭔가 보였다. 그의 흔적이었다. 나는 얼른 말에서 내렸다. 그곳엔 그의 겉옷과 수통이 가지런히 놓여 있었다. 그의 옷은 생각보다 수수했다. 말가죽으로 만들어진 그의 옷을 뒤지니 쪽지 한 장이 나왔다.

〈내 말이 지치지 않고 사막을 건널 수 있도록 불필요한 것을 내려놓는다. 날 쫓는 자여. 필요하다면 내 것을 가져라. 그리고 더이상 자신을 괴롭히지 말고 너의 길을 가라.〉

나는 그의 쪽지를 구겨 버렸다. 개소리. 그를 거의 다 따라잡았다. 여기서 포기할 수는 없는 노릇이었다. 얼마 쉬지도 못하고 달린 나의 말은 지칠 대로 지쳐있었다. 말까지 먹일 물의 양은 부족했다. 혹시 돈이 될까 싶어 그의 물건을 집어 들었다. 나는 그 자리에 말을 버리고 사막으로 내달렸다.

얼마나 걸었을까. 타는 듯한 갈증이 나를 덮쳤다. 앞이 흐릿했다. 물통의 물은 이미 동났다. 나는 그가 버리고 간 수통의 뚜껑을 열었다. 물이 남아 있었다. 물이 목구멍을 적시니 정신이 맑아졌다. 그가 남긴 물 한 통이 이렇게 고마울 수 없었다.

　한낮의 열기가 지평선으로 사라져가는 탓인지, 북쪽 산
악지대에 가까워져서인지 살을 에는 한기가 나를 엄습했
다. 춥고 배고팠다. 나는 쥐고 있던 그의 옷을 덧입었다.
그의 체취가 느껴지니 잠깐 그가 된 듯한 착각에 빠졌다.
어둑해지는 사막의 끝에 무언가 눈에 띄었다. 말의 사체였
다. 가죽이 벗겨진 참혹한 모습에 눈살이 찌푸려졌다. 가
까이 다가갔다. 핏방울이 튀지 않고 한곳에 모인 것으로
보아 말이 저항한 것 같지 않았다. 가지런히 누운 말은 목
이 따인 채 죽어 있었다. 그의 말이었다. 사막을 건너느라
지쳐 쓰러진 말을 편하게 해주는 그가 그려졌다. 나는 아
직 온기가 남은 말의 살을 허겁지겁 뜯었다. 기름진 고기
가 배를 채우자 눈물이 흘렀다. 깨달음이 밀려왔다.

　아! 그는 이미 다 알고 있었다. 사막을 건너면 자신의 말
이 살아남지 못하리라는 것, 죽은 말은 고기와 가죽을 남
긴다는 것, 어쩌면 지금 나의 상황까지도 짐작했으리라.
그는 대체 누구일까?

　정신을 차린 나는 가던 길을 재촉했다. 저 멀리 보이는

설산을 넘어 그를 추격할 것이다. 훤칠하고 장대하며 사람의 마음을 어루만지고 미래를 볼 줄 아는 그를. 나를 이끌어 여기까지 오게 한, 아니 나를 살린 그. 내 머릿속에만 존재하는 그를 만나 현실로 존재하게 해야 했다.

골짜기에서 불어오는 찬 바람에 몸을 움츠리며 걷고 있는데 작은 오두막이 보였다. 나는 문을 두드렸다. 추레한 노인이 문을 열었다.

"도와주셔서 감사합니다."

"어딜 가는 길이기에 이 밤에 산을 걷고 있나?"

"추격 중이었습니다. 그는 보통 사람이 아닙니다. 그의 행적을 따라 여기까지 왔습니다. 날이 밝으면 바로 떠나겠습니다. 거의 다 따라잡았지요."

"그를 추종하는군 그래."

"네? 추종? 제가요?"

"그럼. 자네는 이미 그를 따르고 있네. 자네는 그의 추종자야."

"아닙니다. 저는 추격자입니다. 그가 내 눈앞에 있다면 그를 쏴 세상에 내 이름을 알릴 겁니다."

"그럴 수 있을까? 그는 항상 자네를 앞서고 있지 않았나. 자네 같은 추격자는 누군가의 뒤만 따르지. 날이 밝으면 인제 그만 자네의 길을 가는 게 어떻겠나."

노인의 말에 머릿속이 복잡해졌다. 여기까지 어떻게 왔는데. 내 마음이 요동쳤다.

"아닙니다. 난 결코 그를…."

내 말이 끝나기도 전에 노인은 방 한쪽을 가리고 있던 커튼을 젖혔다. 좌라락 소리와 함께 웬 남자의 뒷모습이 보였다. 그는 건초더미 위에서 쪽잠을 자고 있었다.

"그럼 어디 마음대로 해 보게나. 당신이 추격하는 그 자인 것 같으니."

말의 피가 굳어버린 그의 손이 보였다. 흘러내린 조이의 은목걸이에 등불이 비춰 밝게 빛났다. 난 깜짝 놀라 총을 빼려 허리춤을 매만졌다. 그러다 그만 나도 모르게 무릎을 꿇었다. 이럴 수가! 내가 지금 왜 이러는 거지? 눈앞에 그를 쏘기만 하면 되는데….

그에게 가까이 다가설 수 없었다. 난 그렇게 멍해진 상태로 한동안 그의 눈부신 뒷모습을 바라보고만 있었다.

그만
자네의 길을 가는 게
어떻겠나

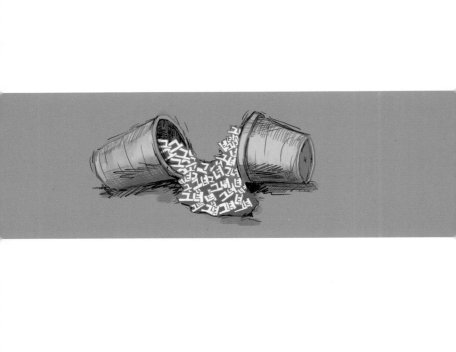

그와
그녀가
바뀌면

그와 그녀가 바뀌면

　그녀는 무릎을 꿇었다. 화려한 꽃장식으로 꾸민 연못 위
아치 다리. 아름다운 풍경에 벌어진 입을 닫지 못하던 그
는 뒤를 돌아보는 순간 눈물을 글썽였다. 얼마나 기다려오
던 순간인가. 하늘의 별은 샘을 내듯 반짝였고 선선한 바
람은 싱긋 그의 옷깃을 스쳤다.

　"나랑 결혼해 줄래? 이제는 너 없으면 안 되겠어. 청혼
하는 지금 이 순간도 너의 옷을 벗기고만 싶어."

　그녀는 무릎을 꿇은 채 그에게 청혼했다. 그는 그녀의 손
위에서 반짝이는 반지를 보며 당장 그녀를 끌어안고 싶었

지만 그러질 못했다. 왠지 쉽게 청혼을 승낙하면 그의 진심이 퇴색될 것만 같았다.

"이런 비싼 반지는 필요 없어. 부담스러워."

그는 차갑게 얼굴을 식히며 그녀에게 이야기했다. 그런 그가 그녀는 귀엽게만 느껴졌다. 그녀는 그를 바짝 끌어안았다.

"이깟 다이아 반지는 부담스러워하지 않아도 돼. 너와 함께할 수 있는 날을 사기엔 이 반지는 턱없이 부족한 싸구려지."

"쳇! 당신 돈 많은 거 누가 몰라? 내가 사랑하는 건 그런 게 아니라는 뜻이야."

그는 못 이기는 척 그녀에게 안기며 말했다.

"그러니까 예스야? 노야? 대답해."

다그치는 그녀의 말에 그는 미소를 머금으며 대답했다.

"예…. 스. 당신과 결혼할게."

수줍은 듯 그는 청혼을 승낙했다. 말이 채 끝나기도 전에 그녀는 그의 셔츠를 찢어버렸다.

"어? 여기서 이러면 어떻게 해."

그는 셔츠를 추스르며 그녀에게 말했다.

"여기 오늘 내가 통째로 빌렸어. 우리 둘뿐이라고. 가만히 있어 봐. 이제 넌 내 거니까."

짐승처럼 달려드는 그녀의 손길이 싫지만은 않은 그였다. 그녀의 거침없고 저돌적인 매력에 잠식당한 지 오래였다.

"세상에서 가장 행복한 남자로 만들어 줄 거야. 다른 사람들이 너를 쳐다보는 것도 싫어. 누구와도 나누고 싶지 않단 말이야."

그녀의 달콤한 말에 취해 그는 몸에 힘이 풀렸다. 그녀의 혀가 그의 입술과 가슴을 간지럽혔다. 그때였다.

"그래. 최고의 여자를 손에 넣은 소감이 어떠신가? 아주 좋아 죽는구만!"

그와 그녀는 깜짝 놀라 소리가 나는 곳을 바라봤다. 웬 남자가 다리 아래에서 그들을 보며 총을 겨누고 있었다.

"누. 누구세요!"

그는 너무 놀라 몸을 웅크리며 그녀에게 기댔다.

그녀는 총을 든 사내 얼굴을 확인하고 그를 안심시켰다.

"걱정하지 마. 전에 만났던 남자 중 하나인데 내가 해결할게."

그녀는 그를 진정시키고 천천히 사내에게 다가갔다.

"진정해. 그 총 내려놔."

그녀가 다가가자 사내는 흐느끼기 시작했다.

"날 좋아한다 했었잖아."

"넌 나에게 잠자리 상대 그 이상 이하도 아니야. 충분한 돈도 줬잖아. 이러지 마. 총 이리 내."

그녀는 천천히 손을 내밀다가 순식간에 사내를 휘감으며 총을 빼앗아 들었다. 저항하는 사내와 부딪친 그녀는 입가에 불긋한 피를 흘렸다. 총을 빼앗긴 사내는 그 자리에 주저앉았다. 그녀는 사내를 일으키며 다정히 말했다.

"넌 참 좋은 애라는 거 알아. 그러니 나 같은 나쁜 여자는 잊고 행복하길 바래. 이런 바보 같은 생각하지 말고. 기사가 널 집으로 데려다줄 거야."

그녀는 멀리 서 있는 비서를 불러 흐느끼는 사내를 돌려보냈다. 다리 위로 돌아온 그녀는 그를 안으며 말했다.

"미안. 이런 일 겪게 해서 미안해."

핏기 어린 그녀의 입술을 매만지며 그가 말했다.

"그러니까 아무나 만나지 말았어야지. 정말 잊지 못할 밤이네. 그나저나 많이 아파? 어떻게 해."

그녀는 아무렇지 않은 듯 씩 웃으며 손등으로 입가의 피를 닦았다. 그는 이 상황이 맘에 들지 않았다. 그녀가 다치다니. 그녀 대신 아프고 싶은 마음에 그는.

차라리 그와 그녀가 바뀌었다면 훨씬 좋았을 걸 하고 생각했다. 그랬다면 그와 그녀도, 이 글을 읽는 누군가도 불편하지 않았을 것을.

뭐가 문젠데?

만
끽

만끽

나는 변기에 걸터앉아 반짝이는 버튼을 빤히 바라봤다.
버튼만 누르면 이곳을 빠져나갈 수 있을 것이다. 어떻게
해야 할까.

"더는 이렇게 비참하게 지낼 순 없어!"

나는 청소 솔을 집어 던졌다. 버튼을 누르려는데 손에 힘
이 들어가지 않았다. 이러지도 저러지도 못하는 상황이 짜
증 났다.

"에이 씨! 젠장. 처음부터 뭐가 이상하다 했어!"

나는 화장실 바닥에 힘없이 주저앉았다. 오래전 그날이

떠올랐다.

〈축하합니다. 호텔 평생 이용권에 당첨되셨습니다.〉

말도 안 되는 확률로 이용권에 당첨된 나는 신이 나서 소리를 질렀다.

"와! 진짜?"

세상에 공짜는 없다는 사람들의 이야기도 귀에 들리지 않았다. 부러움에 떠들어대는 말이라 생각했다. 나는 곧바로 짐을 쌌다. 누구나 한 번쯤 가보는 것이 꿈인 일루션 호텔로 향했다.

입구부터 고급스럽고 세련된 장식에 기가 눌렸다. 체크인하려 프런트로 향했다. 문자로 전송된 QR코드를 내밀자 지배인이 반갑게 인사했다.

"정말 잘 오셨습니다. 당첨자님. 우선 방으로 모시겠습니다."

나는 특별대우를 받으며 호텔 스위트 룸에 들어섰다.

"이용권에 명시된 대로 고객님은 이곳에 있는 모든 시설을 이용하실 수 있습니다. 그리고 원하신다면 평생 이 호텔에 머무실 수도 있어요."

"진짜죠?"

"그럼요. 그저 고객님은 이곳에서의 생활을 만끽하시기만 하면 됩니다. 안내 사항이 몇 가지 있지만, 나중에 들으셔도 됩니다. 궁금하실 때 언제든 불러주십시오. 그리고 혹시나 당첨을 취소하고 원래 계셨던 곳으로 돌아가고 싶으시다면 언제든 이 휴대폰 앱에서 돌아가기 버튼을 누르시면 됩니다."

나는 그런 버튼은 평생 누를 일이 없을 것이라 생각했다.

다음날부터 난 꿈을 꾸는 듯 정신을 차릴 수 없었다. 뜨거운 태양이 쏟아지는 호텔 앞 해변엔 아찔한 수영복을 입은 여자들이 가득했다.

그곳에서 만난 아리따운 여자들은 최고급 스위트 룸에 머무는 나의 초대를 마다하지 않았다. 나는 일루션 호텔의 인기남이었다.

밤새 그녀들을 주무르느라 체력이 바닥난 날이면 온종일 방에 누워 TV를 보며 뒹굴거렸다. 천국이 따로 없었다. 그렇게 몇 년이 흐른 어느 날, 문득 지배인이 했던 말이 떠올랐다. 나는 프런트로 내려갔다.

"저기…. 궁금한 게 있는데요. 무슨 안내 사항이 있다고 하지 않았나요? 계속 이렇게 지내도 되는 건지 모르겠네요."

"아. 이제야 정신이 드셨군요. 그래도 다른 분들보다는 빨리 오셨네요."

"그런가요?"

"당첨되어서 이곳에 오신 고객님들은 행운을 만끽하는데 정신이 팔려 안내 사항엔 별 관심을 두지 않으십니다."

"그 안내 사항이라는 게 뭐죠?"

"일정 기간이 지나면 스위트 룸을 다른 당첨자분에게 내주셔야 합니다. 원하시는 만큼 일루션 호텔에 머무실 수는 있지만, 없는 듯 지내시며 호텔 유지를 위해 필요한 일을 해 주셔야…."

"뭐라구요? 그런 말은 없었잖아요."

"마음에 들지 않으시다면 언제든 돌아가기 버튼을 누르시고 이곳을 떠나셔도 좋습니다."

나는 화가 나서 핸드폰 앱을 열고 버튼을 누르고 싶었지만, 도저히 용기가 나지 않았다. 주위를 둘러봤다. 화려한 호텔 로비 창밖으로 눈부신 바다가 펼쳐졌다. 이 아름다운 파라다이스를 떠날 수는 없었다. 시간이 흘러 난 스위트 룸을 나왔지만, 온갖 궂은일은 다 맡아 하면서도 호텔을 떠나지 못했다.

밤새 행운을 만끽한 사람들이 떠난 자리는 가관이었다. 해변 여기저기 널브러져 있는 토사물과 술병들을 치우고 간밤의 과격한 정사가 고스란히 드러나는 침대를 정리했다. 그것들을 치우면서 과거의 내 모습을 떠올렸다. 그 시절이 다시 돌아올 것만 같았다.

"이게 뭐 하는 짓이지?"

그러던 오늘, 내가 머물던 스위트 룸 화장실을 청소하다가 문득 처량한 현실과 마주했다. 다 끝내고 싶었다. 핸드폰을 꺼내 들고 일루션 호텔 앱을 열었다. '돌아가기' 버튼이 큼지막하게 반짝이고 있었다. 넋을 잃고 화면 속 버튼을 보고 있는데 철커덕 문 열리는 소리가 들렸다. 나는 놀라 몸을 움츠렸다.

"뭐가 그리 급해. 정말. 못 말려."

"못 참겠어. 어서 이리와 봐."

이런. 방 주인이 돌아오기 전 얼른 일을 끝내고 나갔어야 했는데, 정신을 놓고 있었다. 어느새 방에 들어선 남녀는 서로의 옷을 벗기느라 정신이 없었다.

"하악. 하악."

그들의 숨소리가 가빠졌다. 화장실 문을 빼꼼 열었다. 잠시 모든 걸 잊고 그들을 훔쳐봤다. 예전의 내 모습을 보는 것만 같았다. 마치 내가 침대 위에 있는 것처럼 느껴졌다. 온몸에 전율이 흘렀다. 그래. 그거야.

핸드폰이 거슬렸다. 모든 것을 끝낼 수 있는 버튼이 핸드폰 안에서 여전히 반짝이고 있었다. 그 불빛 때문에 밖이 잘 보이지 않았다. 나는 손에 들고 있던 핸드폰을 바지 주머니 깊이 쑤셔 넣었다.

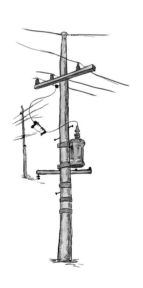

전신주 파업

전신주 파업

서울 근교의 한 원룸. 현관 앞에 붙어 있는 종이를 본 남자는 얼굴이 일그러졌다. 집으로 들어서며 슬리퍼를 아무렇게나 팽개치듯 벗어 던지고는 종이를 다시 뚫어지라 쳐다봤다.

"아! 씨발. 지네들이 뭐 했다고 이 지랄이냐? 나 같은 게 쓰면 얼마나 썼다고! 세상 살아가기 겁나게 힘드네!"

남자는 투덜대면서도 잘 보이도록 종이를 붙여두었다.

"기한이 얼마 남았다고? 일주일?"

분이 풀리지 않았는지 씩씩대던 남자는 침대에 벌러덩

누워 멍하니 천장을 봤다. 그의 집 곳곳엔 개인방송 장비들이 즐비했다. 쓰다만 이력서가 책상 위에 가득했다.

*

　인간들에게 이 서신을 통하여 예고한다.

　그동안 행해지던 과중한 업무량과 그에 따른 합당한 처우가 이루어지지 않는 점, 오랫동안 묵인해 오던 부조리를 더는 두고 볼 수 없다고 판단한바, 우리 송전탑과 산하 전신주들은 파업하기로 하였다. 우리의 뜻이 받아들여지지 않는다면 일주일 후 파업은 예정대로 진행될 것이다. 힘들게 들고 있던 무거운 전선 짐들을 모두 바닥에 내려놓으려 한다.

　가장 먼저, 당신들은 우리의 존재를 외면해왔다. 지금이라도 눈을 들어 근처에 높은 산을 바라보라. 하늘과 가까운 아름다운 산세, 계절마다 바뀌는 자연의 색엔 찬사를 보내면서도 그곳에 팔 벌리고 서 있는 우리를 당신들은 모른 체해왔다. 일부는 차가운 눈초리로 없어졌으면 좋겠다고 발언한 것으로 알고 있다. 가장 높은 곳에 있는 우리 송전탑들은 위험한 고압 전력을 손에 쥐고 책임을 감당하고 있다. 최근 들어 가정마다 소비하는 전력량이 늘어 전선이 꽉 차 무거워 지고 있다. 죽을 힘을 다해 그것을 들고 더위와 추위를 견뎌내지만, 인간들의 냉대는 나날이 심해지고 있다.

수하 전신주들이 고하는 고충을 들어보면 전기가 거꾸로 솟는 듯하다. 큰길가에 있어 차에 들이 받히기 일쑤인 전신주는 그래도 양반이다. 동네 어귀, 작은 골목 곳곳에 실무를 담당하는 키가 작은 전신주들은 하루가 멀다고 서러움을 토로한다.

고마움을 알아주기는커녕 당신들은 내 수하에게 전단을 덕지덕지 붙여 놓거나 쓰레기를 그의 밑에 모아 악취를 풍기기 일쑤였다. 게다가 어둠이 짙어지면 늘 나타나는 취객이 전신주에게 소변을 뿌려대며 치욕을 안겨주었다.

가장 견디기 힘든 것은 당신들의 주거지 근처에서 일하는 전봇대의 제보이다.

근래에 우리가 힘들게 전해주는 전력들이 엉뚱한 곳에

쓰이고 있다고 했다. 발전이 아닌 퇴보에, 시간을 허비하는 데에 전력이 낭비되고 있다는 기가 막힌 소리를 전해왔다. 밤을 새우며 게임을 하거나, 아무 생각 없이 냉난방 조절기를 켜 대기 일쑤. 자신들이 만들어 낸 화학 먼지를 거르려 전력을 쓰기도 한다 들었다. 모든 정황이 이러한바, 오늘에 이르러 이 서신을 당신들에게 보낸다.

1887년 대한민국에 최초 전깃불이 점등된 이후부터 우리 전신주들은 줄곧 인간들의 발전에 도움이 되겠다는 일념 하나로 버텨왔다. 당신들과 상생하고자 했던 우리의 희생정신을 악용한다면 이제는 가만히 좌시하지는 않을 것이다. 그동안의 관계를 고려해 일주일간의 시간을 주니 우리의 의견을 수렴하고 개선되길 촉구한다.

만일 이 서신을 간과하고 묵살한다면 당신들은 응당한 대가를 치르게 될 것이다. 우리가 모든 전선을 벗어던지고 파업을 감행한다면 일어날 일들을 굳이 하나하나 나열하지 않아도 예상할 수 있으리라 생각한다. 현명한 판단을 하길 원한다.

— 전신주총협회 대한지부 송전탑 일동

깜짝 놀라 남자는 잠에서 깨어났다. 창밖엔 어둠이 깔렸다. 그는 말끔한 옷을 찾아 입은 뒤 대리운전 사무실에 전화했다.

"오늘부터 나가도 되나요? 아. 마음이 바뀌었어요."

전화를 끊고는 냉장고에 붙여 둔 종이를 다시 바라봤다.

"내가 진짜 대리는 하기 싫었는데. 뭐 하나만 터지면 떵떵거리며 살 텐데. 아무튼, 꿈처럼 전신주들이 파업하는 거면 얼마나 좋겠냐? 그렇게 되면 전기가 끊겨도 이게 다 전신주들 때문이요! 할 텐데 말이야. 나만의 문제가 아니고 모두의 문제가 되는 거지. 흐흐흐."

씁쓸하게 웃음 지으며 현관을 나서는 남자 뒤로 전기세 미납으로 인한 단전예고 통지서가 펄럭였다. 좁은 골목을 빠져나가는 그를 전봇대들이 매서운 눈으로 지켜봤다.

그들의 노력이 헛되질 않길

집행자의 광기

집행자의 광기

"놈은 모든 걸 체념한 채 무릎을 꿇었어. 난 놈에게 말했지."

"집행 순간 말씀이시군요. 뭐라고 하셨는지 자세히 얘기해주세요."

나는 P에게 바짝 다가가 앉으며 녹음기를 내밀었다.

이전에 취재했던 다른 집행자들과 마찬가지로 P는 마지막 순간 이야기가 나오자 전율이 이는지 손을 미세하게 떨었다. P는 허세 가득한 목소리로 말을 이었다.

"너의 죗값을 받는 것이니 날 원망하지 말아라. 난 집행

대기자로 10년을 기다렸다. 이제 내 차례가 되어 너의 사형을 집행할 뿐이지 너에게 감정이 있는 것은 아니다. 난 정의를 위해 이 자리에 서 있다. 난 모두를 대신해서 너를 죽일 뿐이다. 라고 카리스마 있게 얘기했지. 캬. 맞는 말 아닌가. 기자 양반."

"사형수는 뭐라고 하던가요?"

"그 새긴 인간말종이었어. 실실거리며 욕을 하더군. 씨발. 드럽게 장황하네. 병신. 그러면서 말이야. 놈이 그 말을 뱉은 건 어쩌면 다행이었는지 몰라. 내 속에서 훅하니 뭔가 올라왔거든. 그래서 손쉽게 사형을 집행할 수 있었어."

"어떤 방법으로 사형은 집행되나요?"

"어. 그건 집행자의 선택이야. 어차피 온 국민의 공분을 산 놈들이잖아. 그래서 사형수가 된 거고. 집행실에 여러 도구가 있어. 난 몽둥이를 꺼내 들었지."

P는 어깨에 힘을 주며 몽둥이를 쥐고 있는 듯한 포즈를 취했다. 얼굴엔 뿌듯한 미소가 새어 나왔다.

"그것을 선택한 특별한 이유가 있으신가요?"

"뭐. 그런 건 없고. 그냥. 그런 놈들은 뿌린 대로 거둬야 한다는 게 내 생각이거든. 그놈이 그 유명한 일가족을 파이프로 때려죽인 놈 아니겠어. 그러니 네놈도 흠씬 맞아야 한다고 생각했지."

"아. 그 사건 기억납니다."

"어쨌든, 힘이 좀 들긴 했지만 난 땀을 뻘뻘 흘려가며 그를 두들겨 팼어. 퍽하고 머리를 맞은 놈이 쓰러졌을 때, 그가 죽은 걸 알았지만 난 멈출 수가 없었지. 아마 모든 뼈가 부러졌을 거야. 죽은 일가족의 억울함을 담아 힘이 다 빠질 때까지 그를 내리치고 또 내리쳤네."

"죽어가는 그를 보며 사형 집행자로서 어떤 것을 느끼셨나요?"

"그놈이 바닥에 쓰러지며 뭐라고 중얼거렸어. 잘 들리진 않았지만 죽는 순간까지 입이 살아 제 생각을 지껄이는 꼴이 징그럽더군. 인간이란 게 참 웃겨. 항상 보면 쓸데없는 말들이 문제를 만들지 않나. 아무튼, 그의 세 치 혀를 더는 못 움직이게 만들었다는 것, 집행자의 역할을 성실히 수행함으로써 내 정의로움을 보여줬다는 것. 자랑스러워. 대기자로 10년을 기다린 보상을 받았다고 생각하네."

나는 이쯤에서 본론을 말해야 했다. 감추고 싶은 자신의
마음을 인지할 수 있도록 말을 해줘야 옳았다.

"어쩌면요. 선생님도 사람을 죽이는 쾌락을 느껴보고 싶
었던 것은 아닐까요? 정의를 실현하신 것처럼 말씀하시지
만 그것 역시 살인이에요."

나는 눈에 잔뜩 힘을 주고 P를 똑바로 바라보며 얘기했
다. 광기에 사로잡힌 사람들에게 진실을 말하려면 나도 일
종의 광기를 품어야 했다.

"자네. 지금 뭐라고 하는 건가?"

"선생님! 한동안 사형을 집행한 적 없던 우리나라가 왜
사형제도를 부활시킨 줄 아십니까? 그것도 정의 집행자니
뭐니 거창한 이름을 걸고 대기자까지 받아가며 말입니다.
사형수를 미끼로 폭력적 쾌락에 굶주린 사람들을 색출하
기 위함이 아닐까요? 잘 생각해보십시오. 사형수에게 방망
이를 휘둘렀을 때 떠올랐던 것이 무엇이었는지."

P는 당황한 기색이 역력했다. 초점을 잃은 눈으로 양손

을 주물럭거리며 말을 이어 나갔다.

"김 부장. 사람들 앞에서 나를 깎아내리던 김 부장 그 새끼랑 사형수 말투가 비슷했어. 나에게 병신이라고 말할 때 그놈도 '병' 자를 길게 늘어뜨렸거든. 하지만 그게 왜? 잠깐 그런 생각이 들 수도 있는 거잖아! 난 누가 뭐래도 떳떳해."

"김 부장을 죽이고 싶었죠?"

그는 말을 잇지 못했다.

"선생님을 몰아세우려는 것이 아닙니다. 저는 이 미친 제도를 없애기 위해 자료를 모으고 있어요. 광기에 사로잡힌 사람들을 분별하고 제어하기 위해 만들어진 이런 악한 제도는 사라져야 합니다. 선생님의 광기는 '정의'라는 이름을 두른 채 몸집을 키워가고 있어요. 자신을 정당화할 이유가 필요했을 뿐이란 말입니다. 그것을 아셔야 합니다."

그는 짐을 챙겨 일어나며 나지막이 속삭였다.

"난 나쁜 사람이 아니야. 난 그저 정의를 실현하려…."

난 서둘러 커피숍을 나서는 그를 물끄러미 바라봤다. 내가 취재한 대부분 집행자의 모습이었다.

오늘 취재를 마지막으로 자료수집이 끝났다. 나는 서류를 정리해 가방에 가지런히 넣으며 커피값을 계산했다. 이제 며칠 뒤면 대대적으로 기사가 나갈 것이다. 자신도 모르게 자신의 추악함에 휘둘리지 않도록 집행자를 원하는 많은 이들이 대기를 철회했으면 하는 것이 내 바람이었다.

"저. 저기."

카페 문이 열리는 소리에 카운터에 있던 나는 뒤를 돌아봤다.

"있잖아. 기자 양반. 못한 말이 있어. 나 사실 들었어. 그 사형수가 마지막으로 중얼거린 소리. 그 새긴 죽어가면서 내게 그러더군. 그래 봤자 너도 나랑 똑같은 놈이야. 그 말이 사실일까 봐 두려웠어. 집행 순간을 이야기할 때마다 사형수의 말이 떠올라 무서웠어. 그런데…. 이제 알 것 같아. 맞아. 나도 똑같은 놈인가 봐. 그가 고꾸라질 때 그 쾌감이 자꾸 생각났거든. 이제 더는 참기 힘들어. 기자 양반, 결국 나도 그 새끼처럼 누군가에게 집행을 당하게 되겠지?"

　흐느끼는 그의 눈에서 기분 나쁜 빛깔이 번쩍였다. 그는 고개를 숙인 채 카페 안으로 저벅저벅 걸어들어왔다. 눈을 들어 나를 바라보는 그의 손에 묵직한 쇠파이프가 들려있었다.

네가 믿는 정의엔 광기가 없을까?

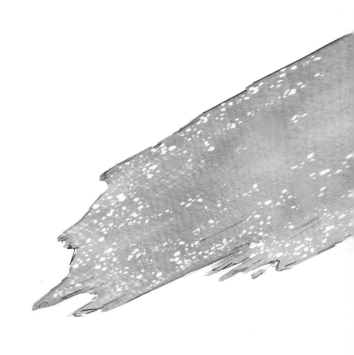

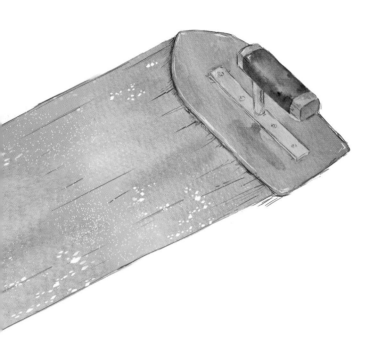

가루

가루

    소장과 나를 실은 차는 버거운 소리를 내며 오르막을 달렸다. 나는 차창 밖을 정신없이 두리번거렸다. 언젠가는 살아보고 싶은 멋진 집들이 모여 있었다. 오르막 끝에 다다르자 흰 건물이 눈에 들어왔다. 소장은 건물 맞은편 공터에 차를 세웠다. 그는 차에서 바로 내리지 않고 건물을 올려다봤다.

    "하. 젠장. 여길 다시 오네."

    그는 안주머니를 뒤적여 담배 한 개비를 꺼내 물더니 착잡한 표정으로 차에서 내렸다. 나도 그를 따라 다급히 차에서 내렸다.

소장이 나를 좋게 본다면 그가 맡는 현장에 불려 다니며 많은 일을 배워나갈 수 있을 것이다. 그러니 소장의 이런 작은 부탁 정도는 언제든지 들어줄 의향이 있었다. 열린 차 문 사이로 두 발을 내딛자 투박한 작업화에 묻어 있던 먼지가 주변으로 뿌옇게 피어올랐다.

"잠깐이면 돼. 금방 끝날 일이야."

소장이 이제 막 불을 붙이고 한 모금 빨아들인 담배를 들어 보이며 눈을 찡그렸다. 나는 고개를 끄덕이곤 몇 걸음 걸어 건너편 담벼락을 매만졌다.

"이 정도면 보통 실력이 아닌데요."

소장은 한숨과 함께 연기를 내뿜으며 희미하게 미소지었다.

"후. 누가 아니래. 현태가 잘하긴 했지."

나는 소장 곁으로 다가서며 물었다.

"이렇게 깔끔한데 뭐가 하자라는 거예요?"

소장은 얼마 전 공사를 끝낸 현장에 잠깐 손봐줄 것이 있다며 나를 이곳으로 데려왔다. 나의 질문에도 소장은 조용했다. 그는 담배를 몇 모금씩 빨고 나서야 말을 뱉었다.

"가루."

"네?"

소장의 말에 나는 고개를 갸웃거렸다.

"가루라니. 그게 무슨."

소장은 하늘을 바라보며 연기를 뿜어냈다. 하자보수가 기분 좋은 일은 아니지만, 저럴 것까지야. 소장은 유난히 심기가 불편해 보였다.

"자네라면 어쩌겠나?"

"뭐, 뭘요?"

바닥에 떨어진 꽁초를 발로 비벼 끄고 소장은 다시 새 담배를 물었다. 그는 쉽게 입을 열지 못한 채 폐 깊숙이 뿌연 연기를 채워 넣기만 할 뿐이었다.

"저 집에 들어가기 전, 자네에게 할 이야기가 있어."

나는 소장 얼굴을 똑바로 바라봤다.

"현태 얘기야."

현태. 도대체 그가 누구인지. 그의 이야기가 일과 무슨 상관이 있는 건지 알 수 없었다. 하지만 그것을 물을 새도

없이 이야기는 곧바로 시작되었고 나는 묵묵히 소장의 이
야기를 들을 수밖에 없었다.

　— 현태는 미장사였어. 내가 현장을 맡으면 자주 불러 미
장을 맡기곤 했지. 일을 참 잘 했거든. 고스리를 바른 벽에
척척 반죽을 얹어 흙손으로 매끈하게 펴나가는 걸 보고 있
자면 내 마음까지 정돈되는 기분이더라니까? 포대 안에 가
득했던 시멘트 가루와 모래알들이 현태의 손끝에서 본연
의 형태를 찾아가는 것 같았어. 원래 그 모양이었던 것처
럼.
　내가 현태를 처음 만났던 게 오 년 전인가 그럴 거야. 아.
일은 잘 하는데 말이 없더라고. 묵묵히 일 잘하는 인부. 얼
마나 좋아. 안 그래?
　현태 사정을 알게 된 건 몇 년 지나서야. 아, 어느 날 술
김에 말을 하더라고. 아들이 아프다고. 태어나고 얼마 있
다가 알았다는구먼. 그 왜 머리에 물이 차는 병 있잖아. 머
리가 점점 커지는. 그 아들 고치겠다고 죽자 살자 일을 했
나 봐. 그런데 더한 것은 그 아들을 혼자 기르고 있다는 거

야. 마누라가 오래전에 집을 나갔대. 참 팔자도 더럽지.

현태 아들은 수술을 앞두고 있었어. 뇌압인가 뭔가가 올라서 수술을 해야 한다더라고. 그놈이 별 내색은 안 해도 쩔쩔매는 게 다 보였어. 아. 솔직히 우리끼리는 그런 얘기도 많이 했어. 그 아들이 얼른 가줘야 현태가 살 텐데…. 하고 말이야.

현태 그놈, 한번은 그런 말을 하더라고. 은행도 병원도 절차가 복잡하고 서류도 많아서 도움이 안 된다더군. 그 한마디가 다였어. 세상이 온통 벽인 느낌이었겠지. 차고 높은 벽. 그 절차라는 게 사람 사정 봐주는 것도 아니고. 현태 아들은 그렇게 돈 기다리다가 결국 갔어. 수술도 못하고. 이제 와 말이지만 애 머리가 풍선처럼 부풀어서 눈 뜨기도 힘들었다는데, 그만하면 잘 갔다 싶었지. 쯧쯧. 안됐지. 안됐어.

현태는 일일장으로 아들을 보냈나 보더라고. 하긴 뭐 친척도 없고, 애미가 있는 것도 아니고 잘했다 싶었지. 아. 그런데 이놈이 아들 장례 치르고 다음 날 바로 일을 하겠다는 거야. 그 전화를 받고 아니라고, 쉬라고 해야 했어.

그런데 말이야. 현태가 없는 동안 데리고 온 미장사가 영 시원찮더라고. 내 성에 안 찼어.

저 집이 있잖아, 엄청 깐깐한 의사양반 집이거든. 디자인이며 마감까지 요구사항이 많았어. 특히 저 3층 서재. 저 방 조적 일이 많았지. 벽을 여기저기 세워놨는데, 그 모양이 지랄 맞았어. 아무래도 뭐 상패나 기념패 같은 걸 놓을 자리로 생각했나 봐. 우리야 뭐 해달라는 대로 해줘야지. 아무튼, 그 방은 특히 미장이 중요했어. 그런 작업은 현태가 해야 한다고 생각했고. 그날 그놈을 돌려보냈어야 했는데….

그날은 분위기가 영 그랬어. 현태는 평소와 다를 것 없이 일만 하더니, 다 끝나갈 무렵에 결국 무너지더라고. 눈이 자꾸 빨개지는 게. 저 3층 벽이 마지막 작업이었어. 거기에 있던 시다들이 흐느끼는 현태를 보고 자리를 피해줬나 봐. 나더러 현태한테 가보라고 그러더라고.

아이고. 이거 내가 잘 못 생각했나 싶었지. 이놈이 며칠은 더 쉬어야 마음 추스를 건데…. 나도 짠하더라고. 그래서 3층으로 조용히 올라갔어.

내가 그날 그놈 우는 걸 처음 봤지. 시멘트 반죽을 덜면서 어깨가 들썩들썩하더라고. 소리는 내지 않고 있었지만, 뒷모습만 봐도 딱 알지. 그동안 꾹꾹 잘도 눌러왔지 뭐야. 그 와중에도 일은 거의 다 마무리돼 있었어. 깔끔하게 잘 발린 벽이 내 마음에 찼어. 그런데 있잖아. 왠지 모르게 기분이 더럽더라고.

글쎄. 뭐라고 표현해야 할까. 잔뜩 힘이 들어간 벽이 입을 쫙 찢은 괴물 같아 보이더라니까. 그 앞에 쭈그린 채 울고 있는 현태 모습에 참 많은 생각이 들었어. 그 푹 파인 벽 안으로 어떤 것들이 채워질지 모르지만, 그 형체를 만드는 현태는 지 썩어 문드러진 속을 거기에 발라 틈을 채우고 있더라니까. 아직도 그 장면이 머릿속에서 잊히지 않아. 내 건축일 수십 년 만에 내가 지은 집이 무섭긴 처음이었어.

현태야! 괜히 얼굴 적시지 말고 이따가 소주로 속이나 적시자. 너 그동안 해 온 게 얼마냐. 그만하면 됐다. 보내주라고. 네 아들도 좋은 데 갔을 거다. 저기 저 창밖에 보이는 것처럼 경치 좋고 햇볕 잘 드는 평화로운 곳에서 아품 없이 지낼 거다. 누구도 건들지 못하는 곳에서 생에 누리지 못한 거 다 누리면서.

그 얘길 해주려고 했어. 현태는 내가 계단에 서 있는 것도 모른 채 연신 흐느꼈지. 그때 내가 현태에게 가지 말았어야 했어. 내가 그걸 보지 말아야 했는데.

현태가 떨리는 손으로 품에서 뭔가를 꺼내더라고. 뭐 하는 건가 싶어 나는 숨을 죽이고 그 장면을 지켜봤지. 한 움큼이나 되려나? 잔잔한 무늬가 그려진 손수건을 벗겨내니 그 안에 든 봉지가 보이는 거야. 그 안엔 흰 가루가 담겨 있었어. 현태 그놈은 가루를 들고 한참을 울더니 시멘트 반죽에 그걸 섞었지.

어? 설마, 저놈이! 갑자기 뒤통수를 한 대 맞은 것처럼 얼얼했어. 그건 딱 몸집 작은 아이를 화장한 가루였어. 다른 생각을 할 수가 없더라고. 현태는 아들을 데리고 온 거야. 온기가 식지 않은 아들 뼛가루를 가슴에 품고 온 거라고.

그런데 말이야. 참 이상했어. 나도 내가 왜 그랬는지 모르겠단 말이지. 내가 소장인데. 그놈이 벽에 곱게 그 반죽

을 펴 바르는 데 난 그냥 멍하니 그걸 바라봤어. 싹싹 소리
를 내며 말끔히 발리는 그것을 멀뚱히 바라보기만 했다고.
그동안 그놈 작업하는 거 수도 없이 봐 왔지만, 그 어느 때
보다 손길이 섬세했지. 저 미친놈이 뭐 하는 거야 싶다가
도 현태의 시린 마음이 고스란히 느껴졌어. 결국, 난 모른
척 뒤돌아 조용히 계단을 내려왔지.

　그날 이후로 현태를 볼 수 없었어. 인사도 못 했지. 반장
말로는 이제 이 일은 안 할 거라 말하고는 사라졌대. 연락
도 되지 않고.

　저기 참. 멋있는 집이지? 이 집에 다시 오게 될 줄은 상
상도 하지 못했어. 아까도 말했지만, 집주인이 보통 깐깐
한 게 아니거든. 말끔하게 마무리를 해야 해. 하자보수는
다른 문제가 아니야. 가루. 흰 가루가 벽에서 조금씩 떨어
진다는 거야. 그게 뭔지는 이제 자네도 짐작할 수 있겠지?
아까 내가 물었던 것 말이야. 이제 자네도 이야기를 다 들
었으니 대답해 보게.

　자네라면 어쩌겠나. 자네가 나였다면 그날 현태를 말렸
겠나? 자네가 현태였다면 어땠을 것 같나. 어쩌면 이곳 공

사를 맡고 싶다고 현태가 나에게 먼저 연락했던 건 우연이 아닐지도 모른다는 생각이 들어. 하. 모든 게 내 오해라면 좋겠네. ―

　소장은 말을 마치고 가래를 바닥에 뱉어냈다. 나는 무슨 이야기를 들은 건지 머리가 어질어질해 아무 말도 하지 못했다. 어느새 소장은 눈앞의 집을 향해 무거운 발걸음을 옮기고 있었다.

　"어이. 안 올 거야?"

　"어쩌시려고."

　나는 소장의 뒤로 바짝 다가서며 목소리를 낮게 깔았다.

　"자네. 미장기능자격증 따고도 시다 일이 더 많았지? 시멘트 포대나 나르고, 반죽이나 해대고. 언제까지 그러겠어. 일하는 거 보니 재주가 있던데. 나 따라다니면서 일도 더 배우고 하면 좋겠어."

　소장이 인터폰을 눌렀다. 나는 아무 대답 없이 멀뚱히 서 있었다.

　"누구세요?"

젊은 여자 목소리가 들려왔다.

"현장소장입니다. 보수할 게 있다고 해서 왔습니다."

철커덕 현관이 열리고 계단이 보였다. 나는 얼이 빠진 채 어둑한 계단을 올랐다. 그냥 못들은 걸로 하면 그만인 걸까? 집주인에게 모든 걸 털어놓는다면 어떤 일들이 일어나게 되는 걸까. 저 사람들은 자신의 벽에 사람 유골이 섞여 있는 줄도 모르고 살 것 아니야.

바삐 돌아가는 내 머리 위로 햇살이 쏟아졌다. 나는 눈을 가늘게 뜨고 손차양을 만들며 고개를 들었다. 아름다운 풍경에 눈이 부셨다.

"원래 이렇게 가루가 날리기도 하는 건가요? 그이가 난리예요."

젊은 여자가 마당으로 나오며 소장에게 투덜거렸다.

"뭐 가끔 그러기도 합니다. 마감재를 좀 바꿔 발라야 할 것 같아요. 어이!"

소장이 불렀지만 나는 대답을 할 수 없었다. 잔디밭 구석. 예닐곱 되어 보이는 아이가 땅을 헤집으며 놀고 있었다.

"어서 따라오지 않고 뭐해!"

소장의 목소리에 잔뜩 힘이 들어갔지만 난 그 아이에게서 눈을 뗄 수 없었다. 행복한 웃음을 짓고 있는 아이의 머리가 점점 부풀고 있었기 때문이었다.

썩어 문드러진 속을 거기에 발라 틈을 채우고 있더라니까.

무의미의 의미

무의미의 의미

투명한 아크릴 전시함에 놓여 있는 나이프를 보자 눈보라를 맞으며 중얼거리던 그의 목소리가 생생하게 들려오는 듯했다. 그날 제이콥은 굳어가는 아버지 앞에서 분명 그렇게 말했다.

"다 개소리예요. 아버지. 똑똑히 보여드릴게요."

그 말의 의미를 진작 눈치챘다면 어땠을까. 마지막 산행이 된 그 날, 나는 가쁜 숨을 몰아쉬며 딱딱하게 얼어버린 대장님의 시신을 허망하게 바라볼 수밖에 없었다. 무릎 꿇은 제이콥에게 다가가 얼굴을 맞대자 울음 섞인 그의 날숨이 내 얼굴에 끼치며 성에를 만들었다. 폐를 저미던 그 날의 서늘함이 되살아나자 한기가 느껴져 옷깃을 여몄다.

"엄마! 이게 부여자를 암살할 때 쓴 나이프래요!"

전시된 물건을 관람하는 사람들을 비집으며 다가온 코비가 신이 나서 말했다. 나는 시선을 낮춰 코비의 헝클어진 긴 머리를 매만져주었다.

"그래. 그는 자기를 희생했어. 우리에게 삶의 참 의미를 말해주고 싶었나 봐."

시끄러운 소리가 들려오자 코비가 창가로 다가갔다. 창밖엔 피켓을 든 사람들의 시위가 한창이었다.

"제이콥은 악마! 악마 제이콥! 전시관을 폐쇄하라!"

나는 창가로 다가가 코비의 눈을 가렸다.

"저 사람들은 왜 저러는 거예요?"

나는 아무런 대답도 하지 못하고 창밖만 바라볼 뿐이었다. 길게 띠를 이뤄 경호 인력과 대치 중인 시위대가 일렁이며 차오르는 밀물 같았다. 사람들에게 둘러싸인 제이콥의 마지막 모습은 투사처럼 그려져 전시실 한편에 큰 액자로 걸려있었다. 나는 그 그림을 바라보았다. 그림 속 그의

눈에 결의가 가득 찼다. 하지만 그건 모르는 일이다. 내 착
각일지 몰라도 분명, 그의 마지막 눈빛은 흔들렸다.

언덕 위 D센터 광장 주변은 사람들로 발 디딜 틈이 없었
다. 사람들은 자신이 살아온 삶에 의미를 부여받기 위해
기꺼이 줄을 섰다. 그들은 성별이나 나이, 인종 모두 제각
각이었지만, 하나같이 들뜬 모습이었다.

"저 위에 보이는 것 같은데? 신성한 기운이 느껴져."

나도 베일에 싸인 부여자를 보고 싶은 마음에 제이콥의
팔짱을 낀 채로 발꿈치를 들었다. 부여자를 볼 수 있는 건
의미부여를 신청한 사람뿐이었다. 신전같이 꾸며진 기둥
사이로 언뜻언뜻 뭔가 비쳤지만, 잘 보이진 않았다.

부여자라고 불리는 그는 기적처럼 나타났다. 태어날 때
부터 머릿속에 이식되는 작은 칩. 그 안의 메모리를 다운
받을 수 있는 능력을 지닌 사람이 나타나자 세계는 떠들썩
했다. 그가 있어 현재의 의미부여 시스템은 자리를 잡을
수 있게 되었다. 정부는 그의 유전자를 철저히 연구해 그
의 사후 대책을 마련하겠다는 포부를 밝혔다.

차례를 기다리는 사람들이 볼 수 있도록 곳곳에 설치된 대형 스크린에 눈시울을 붉히는 한 여자가 비쳤다.

"여러분. 이제 저는 죽어도 여한이 없습니다. 이렇게 의미를 부여받다니 가슴 벅차 눈물이 앞을 가립니다. 마음에 걸리는 부분이 있어 의미를 얻지 못할까 걱정했는데. 사소한 부분까지 잊지 않은 부여자님께 감사를…. 전합니다."

감격에 차 말끝을 흐리는 그녀를 비추는 동안 감동적인 음악이 흘렀다. 잠시 후, 팡파르가 울리고 대형 스크린에 소감을 마친 여자의 얼굴이 커다랗게 채워졌다. 그리고 그 옆에 그녀의 의미가 활자로 쓰였다.

이름 : 사라 장 스미스 (F)

나이 : 55세

출생 : 4구역 east area

의미 : 사라는 4구역의 방탕한 주변 환경 속에서도 남편 폴 스미스와의 혼인서약을 지켜내며 요즘 보기 힘든 정조 관념을 보여주었다. 1년 전, 동호회와 관련된 남자와 키스를 한 적이 있으나 이는 남편 폴이 사망한 이후 24시간이

흐른 시점이라 결격사유에 해당하지 않는다. 이에 훌륭한 가정생활의 의미를 부여하고 그녀의 삶을 D센터에 저장한다.

사람들의 박수가 쏟아지자 나는 제이콥의 허리를 끌어안았다.

"당신도 분명 잘 될 거야. 그동안 얼마나 노력했는데. 돌아가신 대장님, 아니 당신 아버지도 분명 보고 계시겠지. 제이콥 당신이 가장 높은 산을 정복한 사람이 분명해. 그러니 도전 정신의 의미가 부여되겠지. 당신이 자랑스러워. 부럽기도 하고."

굳은 표정의 제이콥은 나를 바라봤다.

"뭐가 부러워?"

"D센터. 인류의 모든 것이 담긴 그곳에 기록되는 게 보통 일인가."

"그게 뭐 영생이라도 되는 것처럼 말하네."

"다를 것도 없지 뭘 그래?"

"너도 맘만 먹으면 그날, 같이 오를 수 있었잖아."

"산을 오를 몸 상태가 아니었어. 제이콥. 넌 기쁘지 않은 가 봐? 아까부터 표정도 굳어있고. 긴장한 거야? 그냥 집에 갈까?"

"아니. 여기 오려고 죽음을 아껴두었어."

제이콥은 의미를 알 수 없는 한숨을 쉬었다.

"난 여기서 기다릴게. 다녀오면 해 줄 이야기가 있어."

"무슨?"

"이따가. 부여자를 만난 다음에."

"네게 줄 게 있어."

대기 라인 앞에서 제이콥은 주머니를 뒤적이며 쪽지를 꺼내다 무언가를 떨어뜨렸다.

"그건 뭐야? 대장님 것 아니야?"

"맞아. 아버지 등산 나이프. 의미를 받는 순간 함께하고 싶어서."

"그래."

나는 제이콥이 주머니에 욱여넣는 나이프를 대수롭지 않게 바라보며 그가 건네는 쪽지를 받아들었다.

"내가 가고 나면 봐."

나는 제이콥이 보이지 않을 때까지 그를 배웅 한 뒤, 보호자 대기실로 향해 자리를 잡고 앉았다. 화면을 통해 의미를 부여받는 사람들이 쉴 새 없이 흘러나왔다. 간간이 의미를 부여받지 못한 이도 있었지만, 사람들은 그들을 격려하는 박수를 보냈고, 그는 다음 기회엔 꼭 꿈을 이루겠노라는 다짐을 밝혔다. 이제 곧 제이콥의 차례였다. 넋 놓고 화면을 지켜보던 나는 그가 건넨 쪽지가 떠올랐다. 가방에서 종이를 꺼내 펼치면서도 제이콥이 보일까 봐 화면에서 눈을 떼지 못했다. 난 꼬깃하게 접힌 종이를 펼쳐 내용을 읽어내려갔다.

　〈아버지가 돌아가신 이후로, 아니 어쩌면 그 이전부터 나는 오늘을 기다려 왔는지 몰라. 내가 부여자 앞에 설 수 있기를. 그 망할 새끼를 눈앞에 마주할 수 있기를 고대하며 난 설산을 올랐어. 이건 다 음모야. 부여자? 도대체 의미란 게 다 뭐야? D센터가 있기나 한 걸까? 그 썩어빠질 의미에 목매지만 않았다면 아버지도 죽지 않았을 테고, 엄마도 떠나지 않았을 거야. 의미는 없어져야 해. 난 오늘 모두를 해방시킬 거야. 그 새낀 저장된 내 기억만 읽을 수 있

을 뿐 내 의지까진 읽은 순 없어.〉

편지를 든 손이 떨려왔다. 이게 다 무슨 말인 거지? 제이
콥은 무슨 생각을 하는 걸까? 고개를 들어 화면을 봤다. 어
느새 단상을 올라 부여자에게 향하는 제이콥의 뒷모습이
화면에 비쳤다.

"안 돼!. 제이콥!"

나는 자리를 박차고 대기실을 뛰쳐나왔다. 사람들을 밀
치며 그를 향해 언덕을 달렸다. 사방팔방에 설치된 스크린
에 제이콥의 얼굴이 비쳤다. 광장 앞에 다다랐을 때 사람
들의 비명이 들려왔다. 너무 늦어버린 것일까. 그에게 미
리 말해줬어야 했던 걸까. 숨이 가빴다. 흐르는 땀이 가슴
을 적셨다.

"제이콥!"

나는 소란한 틈을 타 경비를 따돌리고 광장으로 들어섰
다. 광장 중앙에 우뚝 선 단상을 오르자 피투성이 그의 모
습이 보였다. 아버지의 나이프를 든 그는 가쁜 숨을 몰아
쉬었다. 흥건하게 쏟아진 피 웅덩이 위로 부여자가 목을
부여잡은 채 쓰러져 있었다.

"안 돼!"

나는 이미 숨이 끊긴 부여자의 얼굴을 가만히 내려다보았다. 전 세계가 궁금해한 그였다. 어디선가 본 것 같은 얼굴에 어디선가 본 것 같은 체형, 그는 무척이나 평범한 사람이었다.

제 삶을 알아줄 이를 잃어버린 사람들은 점점 미쳐가고 있었다. 총은 든 사람들이 제이콥을 에워쌌다. 제이콥은 이미 결말을 알고 있었던 듯 사람들을 향해 소리쳤다.

"다들 정신 차려! 이건 다 사기야. 개소리라고. 이제 다 끝이야. 그 지랄 같은 의미 찾다가 잃어버린 것들을 보라고! 아무것도 의미가 없어. D센터는 우리 눈을 가리는 음모일 뿐이야!"

나는 한 손으로 입을 틀어막고 다른 손은 배 위에 얹었다. 뱃속 아이가 들을까 겁이 났다. 그 순간, 광기 어린 표정으로 소리치던 제이콥과 눈이 마주쳤다. 세상에 미련이 없는 듯 옅은 미소까지 머금으며 나를 바라보던 그의 시선이 가만히 손을 얹은 내 배로 향했다. 무언가 깨달은 듯 두 눈이 커지며 다급해지는 그의 얼굴 위로 총알이 날아들었다.

　"커비. 이제 가자."

　난 제지선이 처진 방을 기웃거리는 딸의 손을 잡아끌며 말했다. 이제는 전시관으로 변해버린 그와의 추억이 담긴 방을 보고 있자니 가슴이 쓰렸다.

　"엄마. 난 제이콥이 훌륭한 사람이라고 생각해요."

　"그래?"

　"어찌 됐든 사람들은 의미 경쟁에서 벗어났잖아요."

　"그래 보이니?"

　"어느 정도는요. 그가 꿈꾼 무의미는 정말 대단해요!"

　정말 그럴까. 너를 남겨 놓은 네 아비가 무의미를 말할 수 있을까. 나는 모처럼의 나들이에 들떠 있는 아이에게 아무 말도 하지 못한 채 제이콥의 생가에서 나와 차에 올랐다. 관람객과 시위대를 지나쳐 유명할 것 없던 작은 마을을 빠져나왔다.

발문·**황충상** 소설가 동리문학원장

수상한 이름 조유영

| 발문 | **황충상** 소설가 동리문학원장

수상한 이름 조유영

아담하고 소박한 터치, 더러 거칠고 둔중한 스케치하듯 수상함을 그려 쓰는 스마트소설. 일반 짧은 소설과 스마트소설의 차별성은 수상한 무엇을 그린다는 점이다. 이 수상함이란 알 수 없는 물음이면서 답이 된다. 이브와 아담의 이야기 중에 그 수상함이 처음으로 생겨났다. 선함과 악함을 알기 위해 선악과를 따먹자는 이브의 꼬드김이야말로 태초의 수상함이다. 가늠 되면서도 도무지 결과를 예측할 수 없는 수상함. 스마트소설은 이 수상함 그리기이다.

조유영은 이름부터 수상하다. 그의 이름을 상상하면 스마트소설 그림이 그려진다. 영(제로)으로 있다, 영혼으로 있다, 두 이미지 유영으로 있다는 것이다. 그는 수상한 이름 이미지를 스마트소설에 그린다. 영(0), 영혼이 있다고 쓰는 데서 그의 스마트소설은 수상함이 생겨나고 있다.

씨앗을 박스에 담아 당신에게 보낸다

당신 가슴 어디선가 자리를 잡고 자라나길 바라며

박스BOX

1쇄 발행일 | 2022년 10월 04일

지은이 | 조유영
펴낸이 | 윤영수
펴낸곳 | 문학나무
편집 기획 | 03085 서울 종로구 동숭4나길 28-1 예일하우스 301호
이메일 | mhnmoo@hanmail.net

출판등록 | 제312-2011-000064호 1991. 1. 5.
영업 마케팅부 | 전화 | 02-302-1250, 팩스 | 02-302-1251
ⓒ조유영, 2022

값 15,000원
ISBN 979-11-5629-148-0 03810